Sonya
ソーニャ文庫

復讐するまで帰りません！ 健康で文化的な最低限度の執愛

鳥下ビニール

イースト・プレス

contents

プロローグ

窓からの日差しで光に満ちた部屋の中、ペン先の擦れる音が響く。

本当は書類に日光を当てないほうが良いのだけれど、室内灯を煌々《こうこう》と照らせるほど裕福ではない。むしろ、どちらかというとなかなかに貧しいほうだ。

爪に火を灯《とも》すということわざをどこかで聞いたことがあるが、実際に可能ならロニエはやっていたと思う。

通りから、近所の子供の歓声が聞こえてくる。

この街の人たちは、みんな少し声が大きい。最初は集中力が途切れて困ったけれど、今となっては小鳥の囀《さえず》りのような心地よさがある。

住めば都という言葉を心から理解したのも、この街に来てからだ。

両親を喪《うしな》って三年と半年、この街に来て三年。

かつてはお嬢様と呼ばれていたこともあったけれど、今ではこの暮らしにすっかりと馴《な》染《じ》んでいた。

寝室と、仕事部屋である書斎と、風呂トイレキッチン、リビング、おまけに物置。

これだけあれば、人は暮らしていける。

決して裕福とは言えないが、ロニエはこの状況にさしたる不満はなかった。

毎日決まった量の仕事をして、少しの報酬を得る。

それで生きていけるなら、幸福なのだ。

ふと、玄関からノックの音がした。

そういえば、そろそろ借金取りのディエロが来るころだと思い出す。

玄関には一応呼び鈴がついているものの、すでに錆《さ》び切っていてほとんど機能していない。扉はかなりボロボロなので激しく叩かれると壊れそうで不安だが、呼び鈴を直すお金もないのでそのままにしている。

今度、自分で錆び取りをやってみようか。

夕飯の肉を減らせば、研磨剤の小瓶《こびん》くらい買えるだろう。それを使い古しの布巾《ふきん》につけて呼び鈴の内側だけでも磨いてしまえば、きっと少しはマシになる。

ロニエはぼんやりと今後の予定を立てながら、階段を降りて扉の鍵を開けた。こちらもずいぶんとガタがきていて、使うたびに不穏な軋《きし》みが生じる。

貧乏の原因は色々あるが、さしあたって重大なのは我が身の借金だろう。

両親が亡くなると同時に家を失ったロニエには、暮らす場所が必要だった。

今住んでいる家は、遠縁の伝手《つて》で安く売ってもらえた。そのために相応な額の金は借りて用意するしかなかった。

毎月だいたい同じ日に借金取りのディエロがやってきて、ロニエから返済の金を回収していく。利息のせいでなかなか思うように負債は減らないが、二十年ほど同じペースで頑張ればなんとかなるだろう。

何も取柄《とりえ》のないロニエだが、幸いにも仕事にはありつけた。

あらかじめ用意しておいた返済分のお金が入った巾着《きんちゃく》を握って、扉を開ける。

「今日もごくろうさまで……………どちら様？」

玄関から向こうに立っているのは、借金取りの女性ではなかった。

昼下がりの陽光の下、長身の男が目を見開いて立っている。

紫水晶《アメジスト》のように神秘的な光をたたえた目、それを縁取る睫《まつ》毛《げ》は濃いグレーで、光の当たり方によって色の変わる白色の髪が美しく揺れていた。

どちらも珍しい色で、人を惹《ひ》きつける容姿なのは間違いない。

有《あ》り体《てい》に言えば、絵画《かいが》から抜け出してきたかのように美しい男だった。

少しの間、沈黙がこの場を支配する。

美男子はロニエを爪先からつむじまで何度か確認したあと、やっと口を開いた。

「……ここは、レナールさんのお宅で間違いありませんか？」

その通りだと頷《うなず》くと、青年は形のいい唇を緩め、ホッとしたように笑った。

「突然押しかけてきて申し訳ない、僕の名前はジャックと言います」

名乗る声は清々しく、服装も相まって彼の育ちの良さを感じさせる。ジャックと名乗った青年は、玄関先で立たされたままにも拘《かかわ》らず、再びふわりと微笑《ほほえ》んだ。

「はあ……私はロニエと言います」

「ロニエさん……素敵な名前だ」

ロニエはもう一度、気の抜けた相槌《あいづち》を打った。

手放しにそう褒められると、なんだか落ち着かない気分になる。

見目麗しい青年からの称賛は、いかにも社交辞令としか感じられないが、ロニエに愛想を振りまく理由がわからない。

こんな好青年が、いったいこの質素な我が家に、なんの用件があって来たのだろうか。

上着から靴の先まで光りそうなほど綺麗な身なりの彼は、この家どころかこの街にもいささか不釣り合いに見えた。

道中で追い剝ぎに遭《あ》わなかったのが、不思議なほどである。

この街はどうやら、治安がいいらしい。

自分が移り住むときはそんなことを気にする余裕もなかったが、ロニエを訪ねてきた青年のためにはよかったと言える。

ロニエのもの言いたげな視線に気づいたらしいジャックは名乗ると、咳払いをひとつしてから話を続けた。

「僕は十年ほど前、レナールご夫妻に返しきれないほどの御恩を受けしました。本来ならすぐにお礼をすべきだったのですが……当時の僕はさるお屋敷に奉公している身でしたので、自由になる時間もお金もなかったのです。つい先日奉公の年季が明けて、まとまったお金を得ることもできました」

ジャックは滔々《とうとう》と事情を語る。

話の終着点が見えない。ロニエにできることといえば、黙りこくって成り行きを見守ることだけだ。

「それでこうして、やっとお礼ができるとお住まいに伺いましたが、レナールご夫妻は三年半前に事故で亡くなられたんですね。ご愁傷様です。ですから代わりに――」

　ジャックは長話を中断して、一度息を吸った。

「どうかロニエさん、僕に恩返しをさせてください」

　ロニエはきょとんと小首を傾げた。

　目の前の美男子が、何を言っているのか理解できない。

　恩返しという言葉の意味は『人から受けた恩に報《むく》いること』だったはず。

　その言葉が、なぜ自分の両親に向けられているのだろう。

　亡くなった両親のことは娘としてもちろん愛しているが、お世辞にも他人に恩を感じてもらえるようなことをする良い人間ではなかった。なにしろ、職業は金貸しだ。

「……お気持ちはありがたいのですが、両親のやったことです。それに、二人とももういませんから」

「だからこそです。こんなに愛らしい娘さんを遺《のこ》して、お二人はどんなに無念だったでしょう。あの方たちのためにも、ぜひロニエさんに何かさせてください。どんなことでもかまいません。欲しいものは？　生活で困っていることはありませんか？　なんでも僕に任せてください」

　いったいどこで息継ぎをしているのか、青年はつらつらと言葉を並べ立てる。

後から思い返せば、突然のことに混乱していたのだと思う。

やたらとぐいぐいくる顔のいい男に気圧《けお》されて、ロニエは一歩後退してしまった。

同時に青年も一歩前に進む。制止の声を上げたときにはもう遅く、青年は身体の大きさのわりに猫のようなしなやかな動きでするりと家に入り込んでしまった。

第一章　自分の不幸は砂利の味

ジャックは退屈していた。

使用人を最低限の人数に絞った屋敷の中は、とても静かだ。

そんな静寂の中、ジャックは古びた帳簿をぺらりとめくる。

ジャックが十年ほど仕えていた、老いた女主人が書いたものだ。

公式な場には出せない後ろめたい収支の並んだ、いわゆる裏帳簿である。

三日前、彼女の葬儀が終わった後に、鼻の下で二股に分かれた口髭《くちひげ》をたくわえた家令のバートンがそっとジャックに差し出してきたのだ。

彼は老婦人の家令として長年仕えていただけあって、かなりの高齢である。

身寄りがいるという話も聞いたことがないので、ここを離れれば行く当てもなさそうだ。

高齢ゆえに雇ってくれる家もないだろう。だからこそ、彼の新しい主人が、亡くなった女主人の元稚児《ちご》であっても、拒否することはできない。

家令は有能な男であるだけに哀れだが、ジャックにとっては好都合だった。

上流階級の人間を相手にできるよう一通りの教育は受けてはいるが、ジャックには主人として屋敷や使用人の管理などをする気がない。手に余る。

そもそもジャックは自分がこの屋敷の主《あるじ》になるなど、夢にも思っていなかったのだ。

主である老婦人が死ねば、この屋敷から追い出されるのだと思っていた。

老婦人には血の繋がった息子がいるのだ。どうして自分が、跡取りになるだなんて愚かな夢を見れるだろう。

しかし、いざ老婦人が亡くなり、その息子と親族の前で彼女の遺言書が公開されると、屋敷を含む財産のほとんどをジャックが相続することになっていた。

屋敷の中は、ちょっとした大騒ぎになった。

遺産を手に入れるのは自分だと信じ切っていた老婦人の息子と、おこぼれに与《あずか》ろうとして喚《わめ》く親族。

ジャック自身も遺言の内容に面食らっていたが、しらけた気持ちで納得もしていた。

血の繋がった息子は薄情で、晩年の老婦人に少しも顔を見せに来なかった。

その上老婦人を心配するどころか、手紙を寄越して金の無心をするような、どうしようもないドラ息子。今はにぎやかに騒ぐ親族だとて、さして見舞いにも来ていない。

最後のほうは意識もまだらな老婦人だったが、残る力を振り絞って実の息子に対する制裁の旨《むね》を遺言書に書き残したのだろう。

納得できず喚いていた元跡取り息子を、小さな荷物と小切手とともに屋敷から追い出したのは、つい先日のこと。

跡取り息子への制裁としてジャックへ与えられた、老婦人の財産を家令と一緒に確認してみれば、度を越した散財をしなければ一生のんびりと過ごせるだけの額があった。

そういう経緯《わけ》で、老婦人に飼われ仕《つか》えるだけの人生だったジャックは、今こうして有り余る時間と金を持て余しているのだ。

目録に書かれた胡乱《うろん》な品目と金額を見る。

すべてがなんらかの隠語《いんご》で書かれており、それを推測しては家令に答え合わせをする。

暇の極致のような有様だ。これでもう三十分は潰しただろうか。

「紫を百包……あぁ、わかった。婆さんが愛用していた幻覚剤だな」

「さようでございます」

書かれた数字は、庶民の十年分の収入に相当する。ジャック自身にも何度も使われた覚えはあるが、そこまで払うほどの価値があるとは思えなかった。

次のページのリストを指でなぞって、ふと目を止める。

「……小鳩？」

すべてが本来の名前を隠されているが、生物にたとえられているものは初めてだ。

さてこれは何かと考えを巡らして、十年前の記載であることに思い至った。

日付を細かく覚えているわけではないが、なんとなく確信する。

「これは、俺か」

「その通りでございます」

違法薬物と同程度の価格の〝小鳩〟は、借金のカタとしてここへ売られてきた。

薬物同様、違法な人身売買で。

ジャックの両親は事業で失敗して借金を作り、その金を返せなくなると息子を金貸しに渡すことで帳消しにしたのだ。当時は途方もない大金だと思っていたそれは、裏帳簿に並ぶ額の中ではあまり大した金額ではなかった。

商品として何もわからないまま連れてこられたこの屋敷で、ジャックの幼い尊厳は徹底的に奪い尽くされた。

買ったのはこの屋敷の元主人である老女で、ジャックの役割は彼女の無聊《ぶりょう》を慰《なぐさ》めることだったのだ——あらゆる意味で。

両親から引き離されて老女に品定めされたときのことを、ジャックは昨日のことのように覚えている。ハリを失った指先が、己の肌を撫《な》でた。ごく当たり前に人として育てられていた自分は、あの瞬間から奴隷《どれい》になったのだ。

ジャックは美しい容姿を持っていた。だから、石切り場のような過酷な労働環境の場所に追いやられ弱り、あるいは怪我で死ぬような羽目に陥《おちい》らずにすんだ。

だが死なずにすんだからといって、奴隷になるほうがマシだったとは思えない。愛玩《あいがん》奴隷は、命の前に魂《たましい》が削られていく。人としての在り方を踏みにじられて、尊厳など保てるわけもない。

この国では未成年に対する性行為は禁止されているが、それは一般人の間だけの話。貴族に捜査の手が及ぶことはほとんどなく、ジャックが金貸し夫婦に売り払われて老婦人の元でどんな扱いを受けていたのかが、明るみに出ることはなかった。

奴隷になったジャックは誰に守られることもなく、玩具《がんぐ》として扱われた。

一般的な倫理に照らし合わせればそれは間違いなく虐待だったが、弱い者が強い者に搾《さく》取《しゅ》される話はどこにでもある。

複雑に色づいた爪に甚振《いたぶ》られ、時には人へ見せびらかすために身を飾られた。

世間話のついでに、老婦人と同種の人間たちへ貸し出されることもよくあった。そのたびにジャックは、酷いことをされないように祈った。

何をされても耐えられたのは、年季が明ければ両親の元に帰れると信じていたからだ。自分の売買を仲介した金貸しの言葉を、愚直に信じた。

それが自分を大人しくさせるための方便だったと知ったのは、老婦人に買われて三年ほど経《た》った頃。長いこと屋敷で下働きをしていた下男が、ニヤニヤしながら幼いジャックにそれを告げたのだ。

両親はとっくに破産していて、その上ジャックが老婦人に買われた一週間後には、心中していたのだと——。

性格の悪い下男だった。だから、嘘を吐《つ》いたのだと思った。

この屋敷の主人の愛玩動物を、いじめて憂《う》さ晴《ば》らしをするための汚い嘘だと。

しかし、同じく屋敷で長く働いている下女に尋ねてみると、その女は目を潤ませて幼いジャックを抱きしめた。

そこでやっと、下男の言葉が真実であるとジャックは理解した。

つまりこの三年間、ジャックはずっと騙《だま》されてきたのだ。

いい子にしていれば、いつか両親の元に帰れると。

事実を知った嘆《なげ》きは深かったが、後ろ盾もない幼い少年にできることなど何もない。希望を失った状態でも日々は過ぎていき、気づけば十年経っていた。

いかなる環境であれ、長く続けば慣れる。

幸いというべきか、そういうものなのだと割り切ることができさえすれば、ジャックに与えられた仕事はそれほど難しくはなかった。

第一に、主人である老婦人の機嫌を取ること――自分の身体を提供して。

第二に、老婦人の〝友人たち〟が羨《うらや》ましがるような、美しく品のある少年で在ること。

教養は必須だ。

それに、洗練された所作に柔らかな物腰も。

容姿は元々整っていたから、老婦人や使用人がジャックを飾ればそれですんだが、中身はそうはいかない。

教養を身につけるため家庭教師をつけられたし、上流階級の所作というものを徹底的に仕込まれた。

平民の子供らしく闊達《かったつ》に生きてきた少年から、美しく聡明でさらには気品ある少年へと変貌を遂《と》げたジャックは、老婦人のコミュニティの中で瞬《また》く間《ま》に人気者となった。

老婦人の友人たちが連れてくるどのペットよりも、ジャックはすべてが素晴らしかったからだ。

誰もを虜《とりこ》にするような笑みを常にたたえていたジャックだったが、内心は常に荒れ狂っていた。幼いながらも自分がどんなに惨《みじ》めな境遇にいるのかを理解していたし、いつか自分をこんな目に遭わせた人間全員を絞め殺そうと固く決意していた。そう誓わなければ、生きていられなかった。

自分の容姿が人に影響を及ぼす力があることを自覚してからは、積極的に活用した。

ジャックが微笑みかければ、たいていの人間は魂を奪われる。

だからジャックは自分が復讐を果たすその日を夢見て、老婦人の友人たちだけでなく、屋敷で働く使用人たちまでもを着々と魅了していった。

そして時とともに立派な青年に成長し、あとは自分を買った老女を殺して出ていくだけだと思い始めた頃——あれほど恐ろしかった老女はいつのまにか衰え切り、晩年はジャックの介助なしでは生活もままならないほどになっていた。

このシワだらけの細い首をいつへし折ってやろうか。

そう思い続けていたのに、決行する前に彼女は死者の国へと行ってしまった。

それからこうして三日間、やることも思いつかず無為に過ごしている。

ジャックは物憂げに帳簿をもてあそびながら、小鳩という文字と、その金額を見て、ふと思いつく。

そうだ、復讐しよう。

その思いつきは、ひどく甘美に思えた。
本当に最低な日々だったのだ。それぐらいしないと、報われない。
ジャックに恥辱《ちじょく》に塗《まみ》れた十年を歩ませた人間は、幾人か存在する。
まずは、犬を飼うような気安さで自分を買った老女。
こいつは数日前に死んでしまった。
おかげで多額の遺産とこの屋敷が手に入ったが、それだけで納得することはできない。
それから借金のカタに、自分を売り払った両親。
せっかく手に入った金を無駄にして、腹立たしいことに自ら命を絶っている。
生きていてくれさえすれば、真っ先に報復をしたのに。
残っているのは、自分を商品として仲介したあの金貸し夫妻だろうか。
きっと酷い目に遭わされた子供は、ジャックだけではない。
どうにかして資産をすべて奪い、二人まとめて奴隷としてどこかに売り払ってやろう。

もう年寄りだろうから、ろくな値段にならないだろうが、そのぶん惨めな体験をさせてやることができるはずだ。想像するだけで浮き浮きしてくる。

復讐を完遂するには、まず奴らの現状を知る必要がある。

「バートン、俺を連れてきた金貸しは今どうしてる？」

「は、レナール夫妻ですか。最近はとんと付き合いをしていないので……少し調べてまいります」

有能な家令は取引記録から金貸し夫妻の住所を調べ、若い使用人に様子を見に行くよう命じていた。ジャックは内心でいくつもの復讐案を考えた。

たとえば、西の石切り場に二人とも売ってしまうのはどうだろう。

あそこは過酷な労働環境で労働者が早死にするので、いつでも人手を欲している。

他者の血で肥《こ》え太った二人が働くには相応しいように思えた。

それとも、自分の奴隷にして狂い死ぬまで甚振ってやろうか。

人間に苦痛を与える方法は、嫌というほど知っている。

二人の人生の最期を、恥辱で飾ってやるのも悪くない。

ジャックは喉をふるわせて嗤《わら》う。

ここまで楽しい気持ちになるのは、何年ぶりだろうか。

復讐の方法を考えているだけで、こんなにも心が浮き立つ。

頭の中で様々な復讐方法を夢想しているだけで、時間はあっという間に過ぎ去り、金貸し夫妻を調べに出かけた使用人が戻るまでの二日間も、まったく長くは感じなかった。

『ぼくの考えたさいきょうの復讐計画』を頭の中で練りながら、ジャックは機嫌よく報告を聞いた。

「例の夫妻ですが……記録にあった屋敷は空《から》になっていました。夫妻の行方を周囲に確認したところ、二人とも亡くなっておりました」

「なんだと！」

もたらされた情報に、ジャックは声を荒《あら》らげた。

ということは、ジャックの売買に関わった人間は全員すでにこの世を去っている。

出鼻を挫《くじ》かれてしまった。

素晴らしい暇つぶしを思いついたのに、復讐すべき相手はことごとく死んでいるとは。

自分の運の悪さを、嘆きたくなる。

人を不幸のどん底に突き落としておきながら、断りなく勝手に死なないでほしい。

憎まれっ子世にはばかるということわざ通りに、ふてぶてしく生きていてくれないと困るのだ。

老婦人の遺産を得たからといって特にやりたいことなどないジャックの、やっと思いついた生きがいだと思ったのに。これがダメなら、何をして生きていけばいいのか。

「夫婦で乗っていた馬車が事故で崖から落ちたのだとか……」

「なんと……まだ娘さんもお若かったのに、お気の毒なことです」

使用人の詳細な報告に、家令が相槌を打つ。貸し付けた金の返済代わりに子供を奴隷に堕《お》とす邪悪な人間に、ずいぶんと優しい意見をお持ちらしい。

神経が逆撫でされるのを感じながらも、ふと通り過ぎていった言葉に意識が向いた。

「娘がいたのか」

「ええ、大変かわいがっていたようですよ」

家令のバートンがさらりと頷くのを見ながら、考えを巡らせる。

あの金貸し夫妻、子供がいた身でよくもあんな仕打ちができたものだ。

もはや顔もよく思い出せない二人だが、ますます嫌悪感が募る。

生きていれば死ぬより酷い目に遭わせてやったというのに、今ごろ奴らは逃げ切れたことを死者の国で喜んでいることだろう。

――いや、待て。

ジャックは、滾《たぎ》る復讐心を向ける相手がいることに気がついた。

まだ娘がいる。

自分たちが変態に売り払った男に、かわいがっていた娘をズタズタにされたなら、それは死者の国で受ける罰よりも、辛い責め苦になるに違いない。

親の因果《いんが》というものは、そこそこの確率で子に報《むく》うものなのだ。

それにあの金貸し夫婦の娘なんて、どうせろくでもない人間に違いない。

恨《うら》むなら、自分の人でなしな両親を恨めばいい。

「その娘、今どこに暮らしている？」

想定していなかった質問に、使用人が困った顔で首を傾げる。

「そこまでは……」

「調べてくれ」

使用人は得心《とくしん》のいかない表情ながら是と答える。もちろん否とは言わないだろう。いまの主人はジャックだからだ。

傍に控えるバートンが視線だけで何をするつもりなのか問うてくるが、ジャックはそれに応じる気はまるでない。

遺産の管理は家令に放り投げている。老婦人が健在だったころから、屋敷と資産の管理をしていたのだ。屋敷の主人が変わった程度で、家令にとっては特に問題もないだろう。

そもそも遺産をもらったからといって、ジャックはこの屋敷を管理するつもりも、資産運用をする気も、何か事業を起こす気もないのだ。

転がり込んだ遺産など、自分一代で食い潰してしまえばいい。

自分だけが何不自由なく生きる程度なら、十二分の資産額である。

今は復讐すること以外に優先することなど、ジャックには何ひとつない。

数日後、金貸しの娘に関してようやっと十分な情報を得た。それを元に計画をしっかりと練り直してから、ジャックは意気揚々《いきようよう》と獲物のもとへと向かった。


レナール夫妻の娘が住んでいるという街は、ジャックの住む屋敷から馬車を使って一日ほどの場所にある。

貧しくはないが、とりたてて裕福でもない、長閑《のどか》な街だ。

まばらに道を行く人々が、身なりのいいジャックにちらりと視線を向けてくる。

明らかに富裕層であるジャックが、珍しいのだろう。地図を片手に道を尋ねると、結婚の証《しるし》を耳に彫った妙齢のご婦人が、頬《ほお》を赤らめて親切に教えてくれた。

「お兄さんが言っているのは、あの家のことだね。もう見えているよ、ほら」

「…………どの家ですか？」

「あれよ、あれ。あの赤い屋根の」

婦人が指差して教えてくれるが、その指の向こうに赤い屋根など存在しない。

いや、かつては赤かったのかもしれない、日に褪《あ》せた上に様々な汚れの乗った屋根なら見える。

「廃墟しかありませんが」

そう言った瞬間、婦人は小さく吹き出した。

「辛辣《しんらつ》だね、都会の男はみんなそうなのかい？」

「……失礼、あまりにも予想外だったもので」

過去には鮮やかな赤だったのであろう屋根は、時の流れによって明るさを失っており、よく見ると敷き詰められたタイルの隙間に、細かな枝が詰まっている。

凝視していると、黒ともグレーともつかない色の鳥が一度頭を出して引っ込んだ。

一瞬のことだったが、愛らしさからは程遠いことだけはわかる。

元の色がわからないほどに汚れた壁のその家は、どう見ても人が住める水準に達していなかった。

「私に謝られてもね。確かにボロ家だけど、人はちゃんと住んでるよ。……ちょっと変わってるけどね」

それじゃ、用事があるからと婦人は去っていった。

――ここまで没落しているなんて、聞いてないぞ。

人が住んでいると教えられても、なお廃墟にしか見えない。

小さな家を眺めながら、内心で衝撃をいなす。

自分の中の復讐心が若干萎《な》えたのを感じたが、軽く首を振って気を取り直した。

住居と呼んでいいのか迷うレベルでボロボロだが、調査では平和に生きている様子だった。自分を地獄に叩き落とした奴らの娘が、のんきに過ごしているなど許しがたい。

こんな廃墟に住んでいるということは、親の遺産なぞ使い果たしたのかもしれない。

財産を巻き上げて貧乏な暮らしに落とすことも考えていたが、金を持っていないならないでやりようもある。

金貸しの両親の元でおそらく贅沢《ぜいたく》な生活をしていたのだろうから、今の生活にはさぞかし不満を感じていることだろう。

きっと、親譲りの性悪女《しょうわるおんな》だ。

頭も悪ければ、尻も軽いに違いない。

誑《たぶら》かして、最下級の奴隷として、はした金で売り払ってやろう。

背の高い家に挟まれて日当たりが最悪な家の、ボロボロの呼び鈴の紐を握る。

通常引っ張れば澄んだ音がするはずのそれは、錆び切った金属同士が軽くぶつかる鈍い音しかしなかった。

復讐開始の合図くらいの気持ちで呼び鈴を鳴らしたのに、余りにもな音で気持ちが萎えかけるのを感じる。

嫌な予感しかしない。

軽く首を振って気を取り直し、呼び鈴の紐を引っ張るがやはり期待したような音は鳴らなかった。

仕方なく、思い切り殴れば割れてしまいそうな古い扉を恐々《こわごわ》と叩く。

どうにか扉を壊すことなくノックを果たすと、板の向こうから小さな足音が近づいてきて、玄関の鍵が開く音がした。

復讐の餌食《えじき》になるとも知らずに。

扉の向こうの女に、どれほど会いたかったことか。

ジャックは、高揚する気持ちを必死に抑え込んだ。

耳障りな軋みとともに、扉の陰から無防備な獲物がひょっこりと顔を出す。

「こんにちは、今日もごくろうさまで………どちら様？」

獲物を一目見た瞬間、ジャックは生まれて初めてといっていいほどの衝撃を受けた。

最初に目に入ってきたのは、くすんだアプリコットの髪だ。

よくもここまでというほど無造作に伸び、自由気ままにうねったそれは、見るからにろくな手入れがされていない。

扉に添えられた手の先は黒く汚れていて、古くなったインクの匂いがした。

もっさりとした前髪の隙間から、緑の目がのぞく。

無防備な視線が、ジャックを見上げた。

裕福な家の娘だった過去があるとは思えない、衝撃的なみすぼらしさ。

想像とぜんぜん違う女が出てきた困惑に、ジャックは少しの間言葉を詰まらせた。

「……ここは、レナールさんのお宅で間違いありませんか？　突然押しかけてきて申し訳ない、僕の名前はジャックと言います」

あまりのみすぼらしさにドン引きしながらも、ジャックは気を取り直して獲物に微笑みかける。老婦人との暮らしは、いつ何時でも自分を取り繕《つくろ》う術《すべ》をジャックに与えた。

「はあ、私はロニエと言います」

「ロニエさん……素敵な名前だ」

ジャックの言葉にロニエは眉をひそめた。

予想と違う反応に、ジャックは内心で首を傾げる。

普通ならここでジャックの顔に見惚《みと》れ、頬を赤らめる流れのはずだ――先ほど道を尋ねた、ご婦人のように。

ジャックに素敵だと褒められれば、性欲のある人間はみんな劣情を抱《いだ》く、はずだった。

思ったような反応が返ってこないことに、ジャックは戸惑っていた。

もちろん、それを表情に出すことはしないが。

訝《いぶか》しむロニエの視線に気づき、ひとつ咳払いをしてから話を続けることにした。

「僕は十年ほど前に、レナールご夫妻に返しきれないほどの御恩を受けしました。本来ならすぐにお礼をすべきだったのですが……当時の僕はさるお屋敷に奉公している身でしたので、自由になる時間もお金もなかったのです。つい先日奉公の年季が明けて、まとまったお金を得ることもできました」

ここに来るまでに考えておいた話を言い募るが、まったく手応えがない。

「それでこうして、やっとお礼ができるとお住まいに伺いましたが、レナールご夫妻は三年半前に事故で亡くなられたんですね。ご愁傷様です。ですから代わりに――」

ロニエの表情から疑われているわけではないようだが、反応のなさに壁に向かって独り言を呟いているような気持ちになる。

「どうかロニエさん、僕に恩返しをさせてください」

恩返しという言葉にピンとこないのか呆けた顔をしたロニエに、若干の焦りと不安を感じつつもジャックは半ば強引に話を進め、家へと入り込んだ。

外でねばっては、さすがに人目に付く。

さあ、復讐をはじめよう。

かなり萎えた気持ちを無理やり奮《ふる》い立たせ、ジャックが足を踏み入れた先は、およそ人間の住処《すみか》と思えない有様だった。

埃《ほこり》っぽすぎる空気、床に散らばった法則性のないガラクタ。

あちらこちらにインクのシミがあり、まだら模様になった古びたカーペットには、そこらじゅうに擦り切れた穴が空《あ》いていた。

一呼吸するだけで肺が汚れそうな空間で、ジャックは思考する間もなく悲鳴を上げた。

「うわぁぁあぁ！」

「わぁあ!?」

家に押し入るや否や大声を出す男に怯《おび》えて、ロニエも悲鳴を上げる。

目的を考えれば完全に悪手だったが、あまりの衝撃にまともな思考は働かなかった。

こんな汚い部屋、一秒だっていたくない。

人間が過ごすのにふさわしい空間というのは、もっと清潔で整頓されているものだ。

老婦人のペットとして半生を過ごしたジャックだが、生活をするにあたっては栄養のある食事はもちろんのこと、清潔な衣服も与えられていた。見方によっては温室育ちと言えなくもないジャックには、この汚部屋が人間の住処だとは到底承認できなかった。

ジャックは床に散らばった書きつけだらけの紙を猛然とかき集め、ロニエに手渡す。

ロニエはジャックの鬼気迫る勢いに押されるまま、それを反射的に受け取った。

「どれがゴミで、どれが必要なものだ！」

「えっ、全部もういらないけど……」

「じゃあ今すぐ捨てろ！」

なんでそんなことを聞くのと言いたげな顔をして答えるロニエに、ジャックは苛立ちを隠せない。ジャックの目にはゴミとして映っているが、ロニエにとって必要なものであろうと踏んで尋ねたのに、まさか見たままゴミだったとは。じゃあ捨てろ。

どうして、そんなものがあちこちに落ちたままにされているのか。

まったくもって理解できない。恐怖すら感じる。

部屋の隅にあったゴミ箱には、いつから入っていたのか謎な紙くずがみっしりと詰まっていた。生物《なまもの》ではないことだけが、唯一の救いだろう。

「……っ、なぜ捨てていない」

「焼却所遠いし……面倒で……」

――放置するだけ面倒は増えるんだぞ！

どうせこんな廃屋に住んでいる人間に使用人などいないのだから、溜めれば溜めるほど後の自分が酷い目に遭うだけだ。

苛立ちのあまりこれみよがしに大きなため息をつくと、ジャックは部屋をあちこち見て回った。古びた縛り紐を見つけることができたので、目立った紙ゴミとざっとまとめてしまう。このゴミ山をどうにかしないことには、何も始められない。

玄関の前で固まって立ち尽くすロニエを無視して、かたっぱしから片付けていく。

こんなゴミ屋敷で呼吸をするなど、肺に対する冒瀆《ぼうとく》だ。

一刻も早く、この家を人間の滞在できる空間にしなければ。

いくらか床面積が増えたあたりで、ジャックはやっと我に返った。

あまりにも部屋が汚くて、目的を見失っていた。

別に自分は掃除をしに来たわけではない。復讐をしに来たのだ。

他人の家にずかずかと入り込み突然掃除を始める男など、ただの不審者でしかない。

ゴミ山を見て錯乱してしまった自分の失態に内心で舌打ちしつつ、ジャックはロニエの様子を窺った。

仇《かたき》の娘は、ただぼんやりそこに立ち尽くしている。

「…………」

ボサボサの髪に気を取られていたが、衣服も酷い。

流行から何周遅れなのか、そして、縫製した奴は本当に服に興味があったのか。

肌が隠れる以外の長所はなんら見出せない、野暮《やぼ》ったくて古いワンピース。

それも、よくぞここまでと唸《うな》りそうなほどダサい鼠色《ねずみいろ》。

グレーではない。これは、鼠色だ。

臭いはしないから洗ってはいるのだろうが、色斑《いろむら》のせいで清潔感がない。

――この女は復讐される側の人間として、あまりにも不適格だ。

復讐とは、落差が肝要なのである。

堕ちる前が高ければ高いほど、落差による惨めさが輝くのだ。

少なくとも人並み程度の生活をしてくれてなければ、どんな目に遭わせてもあまり落差が出ない。

地獄から地獄の平行移動など、ただの引越しである。

こんな状態で、満足いく復讐ができるものか。

まとめた紙ゴミを、部屋の隅に積む。

それから埃だらけの床を、ぎっと睨《にら》みつけた。

「箒《ほうき》は？」

「あ、あそこ……」

ジャックに気圧《けお》されたロニエは、部屋の隅を指差す。

埃をかぶった掃除用具を見て舌打ちしてから、ジャックは猛然と床を掃き清めた。チリトリの中にこんもりと溜まった細かいゴミを裏口から捨てて、通りがかりにキッチンの悲惨な様子も発見する。こちらも生物《なまもの》系の汚れこそないものの、野菜かごにはカラカラの人参《にんじん》がひとつ転がっていた。

――だから、ゴミはすぐ捨てろ！

そう思ってむんずと摑《つか》んだところで、ロニエから制止の声がかかる。

「あっ、それは今夜のスープ……！」

ゴミ箱に放り込もうと上げた腕を咄嗟《とっさ》に摑まれて、ジャックは動きを止めた。

今、理解しがたい言葉を聞いた気がした。

何を言っているのか確認をするのが恐ろしくて、ジャックはゆっくりと振り返った。

手の中の人参はすっかりと水分を失っているし、かすかに不気味な弾力も感じる。

どう考えても食べ物である時期はとっくに過ぎているように思えるが、ロニエの顔は必死だった。ジャックの腕を摑む手は棒切れのように痩《や》せている。

こんなものを食材扱いするくらいだ、食料も満足に買えない生活なのだろう。

「……これの他には、何をスープに入れるんだ」

「塩と、胡椒《こしょう》？」

ジャックが問えば、ロニエは小首を傾げて自信なさげに答える。

それは、スープではなく多少味のついた汁だ。

言葉を吞み込んで、人参（のようなもの）を野菜かごに戻した。

改めてキッチンを見れば、食べ物と言えるようなものはほとんどない。

何日経ったかわからない硬そうなパンがふたつ、それから交ざりものだらけで濁《にご》ったガラスの小瓶の底に、張りつくようにして残っている調味料。

自分の計画が、音を立てて崩れていくのを感じる。

この女、なぜ復讐前にすでに限界まで惨めな暮らしをしているのか。

適当に弄《もてあそ》んで奴隷身分に落としてやろうにも、下手をすれば奴隷になったほうが今よりも豊かな暮らしができる可能性すらある。

台無しだ。

ジャックの復讐計画は、ロニエによって徹底的に台無しにされてしまった。

無言のまま、拳《こぶし》をぎゅっと握りしめる。

――俺は諦めない。

復讐相手がすでに貧乏のどん底で、ごみ溜めのような部屋で生活していても。

消費期限の限界を超えた人参を、お湯に入れ食べるような生活をしていても！

――なんとしてでも、この女に絶望を味わわせてみせる。

「あの……ジャックさん？」

勝手に部屋を掃除し始めたあげくに動かなくなったジャックを、ロニエは戸惑いの表情で窺う。もっさりとした前髪の間から覗くロニエの目を見て、ジャックはできるかぎり優しく微笑んでやった。

すでに十分に不審者だが、これ以上警戒心を抱かせるわけにはいかない。

――絶対に、復讐してやる。

どんな手間暇がかかろうとも。

そのために今日は一度撤退する必要がある。戦略的撤退というやつだ。

「また来ます」

「えっやだ……」

拒否の声は聞こえていたが、無視して玄関の扉を閉めた。

妙な軋みがしたので、そっと慎重に。

廃屋と見紛うような古い家を背に、ジャックはこれから必要になるものを頭の中でざっと数え始めた。

◇◇◇

嵐のようだった。

足の踏み場がある程度だった部屋の、変わり果てた清潔な景色を見ながら、ロニエは呆然とする。

たしかに、そろそろ掃除をしなければならないとは思っていた。客人を入れられるような部屋でもないことは理解していた。しかし、客人でもない男に無理やり入られたあげく掃除されるとは、夢にも思っていなかった。

両親に世話になったという、あの顔のいい男。

うさんくさい笑顔に、上流階級の暮らしをしているのが一目でわかる質のいい服。

家事など使用人に任せる階級の人間だろうに、手慣れた動作で掃除する姿は何かの冗談のようですらあった。

両親が生きていたら、見知らぬ男を家に入れたことを叱《しか》られただろうか。

特に母は心配性だったので、きっと叱られただろう。

ロニエ自身、今回の件で叱られるのは妥当だと思う。

ジャックが悪い人間だったら、間違いなく酷い目に遭っていた。

この街は治安が悪くないほうではあるが、それでもスリや置き引き、引ったくりが出るとは聞いている。空き巣や泥棒もいるらしいが、この家に入ったことはない。

理由は、さほど考えずともわかる。

倒壊一歩手前のこの家に、金目のものがあると思う者はいないだろう。

事実、この家に金目のものなど本当に存在しない。

家具はもとからついていた中古で、すべて使うたびにぎしぎしと不穏な音がする。

服も古着屋で買ったものだし、アクセサリーなんか安物ですら持っていない。

仕事部屋として使っている書斎にはいくらか本が存在するが、皆あまりにも古いので良い値段はつかないだろう。

だからこそ、少し無防備になっている自覚はある。

こんなに何もない家へ、盗みや強盗に入る人間はいない。

どう考えても、儲《もう》けよりリスクのほうがはるかに高いからだ。

時刻はすでに、夜。

ロニエはキッチンで小さな鍋に水を入れ、火をかけた。

お湯が沸く前に、人参を入れてしまわなければ。

小さなナイフで慎重にヘタを取り除いて、皮を剥いてしまう。

最初の頃はこの作業をするたびに指を傷つけていたのが懐かしい。

限界まで薄く剝いた皮を細かく刻み、可食部をすべて鍋の中に入れた。

じっくりと煮込めば、薄赤く食べられる何か……スープのようなものになる。

十分にスープのようなものが温まったのを確認して、鍋のままテーブルに置いた。

本当はくず肉でも入れたいところだが、買うお金がないから仕方ない。

先週買ったパンは石のように硬くなっているが、スープに浸せば徐々に嚙《か》める柔らかさになっていく。

塩胡椒と人参味のパンを嚙み締めながら、今日のことをまた思い返した。

そういえばあの男、また来ると言っていなかっただろうか。

記憶違いでなければ、あのうさんくさい笑顔とともに。

金貸しだった両親に恩返しだなんて言っていたが、彼らは人に恨《うら》まれることは多くとも感謝されることはほとんどなかったはずだ。

何度か、お金を借りた客が家に来るのを見たことがある。

皆何らかの事情があってお金を返せなくなった人たちで、両親に向かって返済日を延ばしてくれと頼んでいた。

両親の答えは、たいてい拒否だった。

激昂する人、泣き崩れる人、黙り込む人。

反応は様々だったけれど、愛される職業でないのは確かであった。

今や債務者となったロニエには、よく理解《わか》る。

お金を借してもらえる瞬間はありがたいのだが、利子がついたものを返している状態はなかなかに負担だ。

ロニエはこつこつ返済できているが、人によっては返済もままならず金貸しが憎くなることもあるだろう。

まるで聖人を語るようなジャックの様子は、なんとなくロニエの座りを悪くさせた。

次にいつ来るのかはわからないけれど、今度はちゃんと帰ってもらおう。

そう決意して、最後の一口を飲み込んだ。

食べ終わったなら、即座に寝るのが暮らしのコツだ。

夜更かしをしてしまうと、お腹が空いて眠れなくなる。

いそいそと寝間着に着替えて、ベッドの中に入った。

クッションが足りない上によく軋むので、朝は早く起きることができる。

いつかもう少し快適なものに替えたいのだが、この家には買い替えるべきものが多すぎるのに、お金が足りない。これからもずっと、このベッドで寝ることになるだろう。少なくともノミやダニは湧いていないし、定期的にシーツを洗っている。

清潔であるならば、それで十分。

大きな家具を買い替えるような余裕は、少しもない。

借金の返済用にとってある分に手をつけるのは、夜逃げをするときだ。

野良犬が外で時折吠えるのを聞きながら、奇妙な一日を終えて就寝することにした。

明日こそ、借金取りのディエロが来るだろう。

それから二日後には、仕事の締め切りがある。

今日はハプニングがあったせいで、仕事が思うように進んでいない。

あと少しだから急げばなんとかなるとは思うけれど、予定通りに進行しない仕事というのは落ち着かない気分になる。

少しばかりペースを上げて、余力のある状態で締め切りの日を迎えたい。

明日の仕事配分を考えながら微睡《まどろ》むロニエは、このとき考えもしなかった。

また来ると宣言した青年が、まさかさっそく次の日もやってくるなんて――。


「あ、おはようございます」

「……」

朝起きてリビングに降りると、男がいた。

見覚えは、一応ある。昨日突然来て掃除をして帰った例の美青年だ。

どうしてうちのキッチンで料理をしているのだろう。ダサめの黄色いエプロンでも様になっているように見えるのは、彼が美形だからだろうか。

――この人、爽《さわ》やかに挨拶《あいさつ》しているけど不法侵入だよね？

この家は確かにボロだが、昨晩ちゃんと玄関の鍵は閉めた。

昨日は恩返ししたいという珍客もいたから、いつもより気をつけて鍵の確認もした。

「…………鍵は」

「開くかどうか試したら、開いたので」

美青年は、しれっとそう答えた。そういうことを、聞きたいのではない。

ちらりと、男の向こうの扉へ視線をやる。

長年健気《けなげ》に働いていた単純な作りの鍵は、無残にも壊れていた。

ドアノブの下から、どういう損じ方をしたのか金具が飛び出ている。

いつか別れの日が来ると予感はしていたが、それがまさか今日とは。

今は鍵を直せるような金はない。泥棒も入らないような廃屋のような家だが、鍵は一応ちゃんとかけておきたいのだが。

どう修理費を工面するかロニエが考えていると、テーブルを拭き清めていた美青年は顔を上げて安心させるように微笑んだ。

「ちゃんと修理は依頼したので、夕方には直りますよ」

この美青年――たしか昨日ジャックと名乗っていたか。

まずは、鍵を壊したことを謝ってほしい。

そもそもどうしで朝から不法侵入しているのか。

「ここで何をしているんです？」

「朝食の用意ですよ。卵は食べられますか？」

ふとテーブルの上に、用意されているものに気がついた。

この家のキッチンには絶対なかったはずの、真っ白い大きな皿。その上に新鮮なサラダとベーコン、黄身がふたつの目玉焼き。添えられた小皿には、ふかふかのパンが盛られていた。鼻腔《びこう》をくすぐる香りに、自然と喉が鳴る。

卵なんて、親が死んで以来ずっと食べていない。

好きかどうかで言えば、かなりの大好物だ。特に、たっぷりのバターで焼いたものは。

ロニエが頷くと、ジャックはよかったと破顔した。

美形の笑顔の威力は凄まじい。ロニエはぼんやりそう思いながら、テーブルに見覚えのない布が敷かれていることに気づく。

「テーブルマット……」

「部屋が明るくなるかと思って、黄緑にしてみました。お嫌いでしたか？」

首を横に振って、否定する。食器の下に置かれたその布は愛らしくて、馴染んだテーブルがまったく別のもののように見えた。

ロニエの様子を見ていたジャックはくすりと笑う。

「さぁ手を洗ってから、どうぞ」

言いたいことはいくつかあったはずなのだが、ロニエはその言葉に操《あやつ》られるようにふらふらと手洗い場に向かった。

まずは食べてから、あの卵を胃に収めてしまってから話をしよう。

食べ物に、罪はないのだから。

勧められるままに席につき、ナイフとフォークで目玉焼きを切り分ける。温まった黄身がとろりとこぼれるのを見て、からっぽの胃が痛いほど刺激された。

一口食べてしまえば、あとは夢中で。

ジャックが正面に座って眺めているのを気にする余裕もなく、ロニエは必死でそれを胃の中に送り込んだ。

久々に食べる人間らしい食事の味が、温かさが、全身に巡っていくような気すらする。

皿の上のものをすべて食べきってから、ロニエはようやくジャックが不審者のうえ不法侵入者であることを思い出した。

美味《お》しそうな匂いに、すっかり気を取られていた。

ジャックはロニエと目が合うと、にっこりと微笑まれる。

「美味しかったですか」

「ええ、とても……」

正直に言えば、こんな食事を生きている間に再びできるとは思っていなかった。

両親が死んでから、ロニエはずっと彼らの残した借金を返済するためにギリギリの生活をしているのだ。バターもベーコンも、高価で手は出なかった。

ジャックはロニエの答えに満足げに頷いて、食器を下げ始める。

小さなシンクで皿を洗い始めるジャックの背中に、意を決して声をかけた。

「あの、材料費はおいくらでしたか」

頭の中で、市場で見た食材の値段を思い浮かべる。

今のロニエにとって手痛い出費だが、払えない額ではないだろう。

明日からの食事はいつにも増して貧相になってしまうだろうが、仕方がない。

汚れの落ちた皿の水を切りながら、ジャックは振り返って一度瞬きをした。

紫の目が、きょとんとした様子でロニエを見つめている。そんなことを言われるとは、予想もしていなかったというような表情だ。

「あなたのような素敵な女性から、代金を頂戴しようとは思っていませんよ。そもそも、僕は恩返しに来たんですから」

「恩があるのは、両親にですよね？」

「ええ、ですから天国にいるご夫妻が一番喜ぶことを」

——父様と母様は、本当に天国《そこ》にいるのだろうか……。

両親は金貸しである。

神に愛される存在であったかは、少々疑わしい。

しかし、見ず知らずの青年に、両親の徳の低さを主張しても仕方がない。

大切なのは、この男にさっさと帰ってもらうことだ。

悪意はなさそうだけれど、会ったばかりの女の家に勝手に入り込んで、料理を振る舞う男は明らかにヤバい。

しかし、きつく拒絶して、激昂されるのも怖い。なんとか刺激せず、穏便にお帰り願いたい。ロニエが感謝すれば満足して去ってくれるだろうか。

この朝食だけでも、ロニエにとっては十分にありがたかった。

美味しかったのは本当だし、とにかく大げさにでもお礼を言って帰ってもらおう。

仕事の締め切りが気になって仕方がないが、まずはジャックを追い出さなければおちおち働くこともできない。

「……あの、色々とありがとうございました。とても嬉しかったです」

おずおずと声をかけると、ジャックがまた笑う。

何度見ても、ハッとするような美貌だ。

「よかった！　本当はご迷惑になっていないか、少し不安だったんです」

正直言って、結構なご迷惑だった。

しかし、ここまでされて無下にするのも心が痛む。

「いえ、とんでもない」

思わず、反射的にそう答えてしまう。

ここで「迷惑だから帰れ」と言えれば、どれほど良かっただろう。

ロニエの返答に、ジャックは花が咲いたように笑った。

よくよく、頻繁に笑顔になる男である。こんなに容貌の整った男に微笑みかけられては、周囲の人々は気が気じゃなかったのではないだろうか。

今となってははるか昔のように思える学生時代にも、こういう華やかなタイプがいたなと思い出す。顔の綺麗な生徒にはお決まりのように取り巻きがいて、歓心を奪い合っていたのをよく見かけたものだ。思春期の少年少女の集団にこの青年を投げ入れたら、その群れはちょっとした修羅場になるのではないだろうか。彼との出会いが一対一で良かった。

「食べられないものはありますか、初夏の赤菜は平気？」

「え、ええ」

頷いてから、しまったと思う。

この男、昼食も作る気だ。

「あの、十分助かりました、死者の国の両親も喜んでいると思います」

だから、そろそろ帰ってくれませんか――。

ロニエはそんな気持ちで言葉を繕ってみたが、ジャックが聞き入れる気配はない。

それどころか、ジャックは無言でキッチンに置いてある買い物カゴの近くに行くと、ロニエを手招きする。

ロニエも無言で買い物カゴに近づくと、ジャックは広げて中を見せた。

卵や新鮮な野菜、少し甘い匂いのするパンに赤い肉。

どれも今のロニエの暮らしからは縁遠い食材で、たぶん今後も縁がない。

瑞々《みずみず》しい食材に意識のすべてを奪われてしまう。

そんなロニエに、ジャックはこの食材を使ったメニューを口にする。

「晩御飯はブラウンシチューでいいですか？」

まるで、魂を奪いに来た悪魔の声だ。

食材に奪われた意識で曖昧《あいまい》に、しかし確実にロニエは首肯《しゅこう》していた。


「ではそろそろ、お暇《いとま》いたしますね」

「あ、ありがとうございました……」

夕食の片付けまでを完璧に終えたあと、ジャックは朗《ほが》らかに帰っていった。

その背中を見送って、ロニエはほっと息をつく。

つい朝食だけでなく、昼食、さらには夕食のブラウンシチューを堪能してしまった。

不審者かつ不法侵入者に三食作らせて、自分はいったい何をしているのか。

いや、仕方ないのだ。ジャックに帰ってほしいと強く思っていたが、それよりも仕事の締め切りが気になって仕方なかった。彼を追い出すよりも、働くことのほうが重要だった。

ロニエには今の仕事以外に稼ぐ手段などないのだから。

不審者がいる家で仕事に集中できた自分自身に多少疑問はあるが、集中できてしまったのだから仕方ない。

――それに、美味しかったし。

不審者に対するロニエの警戒心は、美味しそうなご飯の前には徹底的に無力だった。

今日一日、ジャックはまるで家政夫のように、かいがいしくロニエの世話をした。書斎で仕事に集中するロニエの邪魔をすることなく、美味しいご飯を用意してくれたのだ。

上流階級の男性が、なぜここまで家事が達者なのか。

謎ではあるが詳しく聞くのも抵抗があった。

あの不思議な青年と、これ以上関わり合いになりたくなかったのだ。

少しレイアウトの変わったキッチン、朝よりさらに整頓された部屋。浴室も隅々まで磨き上げられている。食事を作ってくれるだけでなく、風呂掃除までしてくれたらしい。

ありがたいが、やや気持ち悪い。

「残った分は明日温めて、そこのパンと一緒に食べてくださいね」

と明日の朝食まで用意していったということは、ジャックはもう来ないということだろう。昨日と今日の二日間で『恩返し』に満足したに違いない。

両親がいったいどんな恩をジャックに着せたのかはわからないが、一応二人に感謝でもしておくべきか。

妖精に化かされたような気持ちが残るが、親切な人だった——親切な人だったということにしておこう。ロニエの精神衛生上のために。

汚れた部屋でも十分に暮らしていたが、整頓された清潔な部屋はやはり気持ちがいい。三食きっちりとお腹いっぱい食べられたのも久しぶりだったのだ。

最初はひどく戸惑ったが、恩返しが終わった今ではジャックに感謝でいっぱいだった。


——だからといって。

「なんで今日もいるの……」

「おはようございます……といっても、もう昼過ぎですが」

お寝坊さんですね、とジャックが昨日と変わらぬ笑顔を見せる。

昨日の気疲れもあってか、かなり遅起きだったロニエが一階で食事を取ろうと降りてきたら、いいたのだ。

寝起きに見るジャックの美貌は、眩《まぶ》しい。そして、なぜか精神に悪い。

というか、勝手に家に入り込んでいる男がいると、精神に悪い。すごく悪い。

昨晩のんきに感謝していた自分自身を、時を戻して揺さぶりたい。

「どうやって入ったんですか」

「昨日鍵をつけ直したとき、僕の分の合鍵を作っておいたんです」

そういえば昨日、鍵の修理の依頼もしてくれたうえに代金も払ってくれた。

だが、なぜ当然のような顔をして勝手に合鍵を作るのか。

警吏《けいり》に頼めば、この男を牢屋に入れてもらえるのではないだろうか。

「今日はブランチですね、どうぞ」

食卓に、温かいビーフシチューと付け合せのサラダが、ことりと置かれる。

食欲をそそる豊かな香りに、瑞々しい野菜の彩り。

ロニエは食卓の料理に釣られて、無言で席に着いた。

「え……？」

椅子の感触が、いつもと明らかに違う。この古い家には似つかわしくない、真新しい椅子。座面にはクッションまである。まさかと思ってテーブルも確認すると、こちらも新品だった。

「……ジャックさん？」

ロニエが質問を練り上げる前に、ジャックはまた朗らかに微笑んで口を開いた。

「ついでだったので、取り替えておきました」

「ついで？」

「ええ、自分の家具を買うついでに」

——嫌な予感がする。

「ジャックさんの……家具ですか」

「一階の奥に、物置があったでしょう」

確かに、ぜんぜん使ってない、適当に物を放り込むだけの、薄暗くて狭くてジメジメした物置がある。窓も小さくろくに日光が入らないので、ロニエはあれを人が生活する場所とは思っていなかったのだが——。

「あそこを、僕の部屋にしました」

「……は？」

――家主の許可は？

当然すべき非難は、あまりのことにうまく言葉にできなかった。

何度か間抜けに口を開閉して、ロニエはやっとの思いで言葉を絞り出す。

「……もともとあった物は、どうなったんでしょうか」

「さすがに捨ててはいませんよ。業者に頼んで、そのまま僕の家に置いてきてもらいました。出て行くときには返しますので」

別に捨てられても惜しくはない物ばかりだが、お金を使ってわざわざ別の場所に運んで保管しているのかと考えると、少し頭が痛くなる。絶対に、捨てたほうが安くついた。

いや、問題はそこではない。

「……もしかして、うちに住む気？」

「ええ、もちろん！　そのほうが、お世話もしやすいですし！」

ジャックは悪意の欠片《かけら》も感じさせない、朗《ほが》らかな笑顔をロニエに向ける。

――何を言ってるんだ、こいつは。

ロニエは半眼で目の前の不審者を見据えた。

「お世話は結構ですので、もう本当に帰ってください」

今日は思っていることがスルッと言えた。

ジャックはロニエの真正面からの拒否に意外そうな顔をして、哀しげに眉を寄せた。

そんな顔しても、ダメなものはダメである。

「もしかして僕の料理は、お気に召しませんでしたか？」

「美味しかったですよ、でもそれとこれとは別です」

どこの世界に、家に無断で入り込んでくるような得体の知れない男を、料理の腕がいいからという理由だけで家に住まわせる人間がいるのか。

どこかの世界にはいるのかも知れないが、ロニエは真っ平御免である。

昨日まではジャックの押しに負けて受け入れてしまっていたけれど、こればかりは断らせてもらう。

「お掃除も、ロニエさんがお仕事をしている間にやっておきますよ」

ジャックは懸命に自分がこの家にいる利点をあげる。

しかし、ロニエも譲《ゆず》らない。

「別に……気が向かなかっただけで、できないわけじゃないので」

疑わしげな視線を向けられてしまったが、本当である。この家に来た当初こそ自然と荒れていく部屋になすすべもなかったが、暮らしているうちに少しずつ掃除も覚えた。

ただ習慣になかった行為なので、あまりやる気が起こらないだけだ。

それにロニエにとっては、家事は急いでやるようなものではない。

「朝から晩まで、何もしなくてもご飯が出てきますよ」

「…………料理ができないわけでも、ないので」

「もちろん、材料費は僕が持ちます」

「……………」

ロニエは思わず黙り込んだ。

頭の中で月々の食費を計算する。使えるお金は少ないので、生活はわりと苦しい。

この家を買うときに作った借金のことを思えば、ジャックの提案は魅力的すぎた。

懸命に言葉を探すロニエを見ながら、ジャックが再び微笑む。

「数日過ごして、やっぱり嫌だったら追い出せばいいじゃないですか」

ものは試しと言いますし、ねえ？　成人としては少々あざとく小首を傾げながらそう言われ、ロニエはとうとう首を横に振ることはできなくなった。

口調こそ柔らかなものの、家主の許可もなく家具を新調し、ちゃっかり自分の部屋をこしらえるような男だ。美しい顔の使いどころまで、正確に心得ているらしい。

――追い出せる気がしない。

ロニエは口下手だし、問答無用で追い出せるほどフィジカルに優れていないのだ。

自分の両親が恩返しをされるような善人ではないのが気になるが、心ゆくまで恩返ししてもらえばいいのではないだろうか。本人が納得すれば、自然と去っていくだろうし。

「私が嫌がったら、出て行くんですね……？」

「お約束しますとも」

ややうさんくさいが、提案は魅力的だ。

出費が減るなら借金返済への道のりはぐっと楽になる。来月を生きのびるどころか、明日を生き延びることができるかと悩む生活に、別れを告げることができるかもしれない。

不安材料の多すぎる賭けだったが、ロニエは乗ることにした。

どうせ、この家に盗まれるような価値のあるものは何もない。

自分のさえない容姿では、ジャックがまかり間違うなんてこともないだろう。

「それでは、とりあえずお試し期間ということで……」

ただし、と口を開きかけたところで玄関からノックの音がした。

ロニエは同居にあたっての約束事を決めてしまうつもりだったが、話を中断して来訪者を確認しに行く。

「はぁい」

扉を開けると、赤毛が印象的な、やや小柄な男性が立っていた。

ロニエがこの街に来てからずっとお世話になっている、遠縁のグルナールだ。

両親の葬儀が終わり、ロニエが途方に暮れていたときに現れ、仕事を世話してくれた。

グルナールがいなければ、ロニエは今頃飢え死にしていただろう。

時々納期が無茶な仕事を持ってくることもあるが、ロニエはまだ一度も締め切りを破ったことはない。路頭に迷う寸前だったロニエの世話をしてくれたグルナールにできる、精一杯の恩返しだった。

ロニエの家に見知らぬ男がいることに気付いたグルナールは軽く目を見開いたが、ほんの一瞬眉をひそめただけで、すぐにロニエに笑顔を向けた。

「やあロニエちゃん、原稿をもらいにきたよ」

「できています。ちょっと待っていてくださいね」

ロニエは二階にある書斎から、昨日頑張って仕上げた原稿を取ってくる。何度も再利用しているせいでボロボロな封筒に原稿を入れて、グルナールへと手渡した。

グルナールは白眼の部分が多い目で、封筒の中をじっくりと確かめる。

指でざっと枚数を確認して、にっと笑った。

「はい、今回もたしかに。これ、いつもの額入れてあるよ」

　ロニエもグルナールに渡された小袋の中を見て、いつも通りきちんと決められた分の報酬が入っていることを確認する。

　グルナールはベージュのバッグから、一冊の本を取り出した。

「じゃ、次はこれをお願いできるかな。締め切りは、来月の第二週目で」

　いつもひとつ仕事を終えると、そのまま次の仕事の打ち合わせをしている。ロニエは渡された本の分厚さから、作業量をざっくりと計算した。

　グルナールに提示された締め切りから考えると、多少余裕があるくらいだった。

「わかりました。では、そのくらいに取りに来てください」

「いつも助かっているよ。じゃあ頼んだからね」

　グルナールとのやりとりは、いつもあっさりしたものだ。

　満足げに去って行くグルナールの背中を見送ってから扉を閉め、ジャックとの約束ごとを決めてしまおうと後ろを振り返ろうとした。

「ロニエさんは、どういった仕事をなさっているんですか？」

「うわっ」

　真後ろにジャックが立っていて、ロニエの肩が少し跳ねる。反射的に飛びのこうとしたが、扉とジャックに挟まれる状況で動くこともままならず、結局若干不審な挙動をするに終わってしまった。

「翻訳業してるんです、こういうの」

ロニエが今回新たに請け負った仕事の本を見せると、ジャックは軽く目を見張った。

まだタイトルしか確認していないが、内容はおそらく現代哲学に関するものだろう。

あまり触れていないジャンルに、ロニエは今から読むのが楽しみになる。

本は高価《たか》い。

一人暮らしを始めたばかりの頃、本屋に足を運んだことがある。どの本もロニエの興味を引いたが、とても手が出せない価格だったので、とぼとぼと店を出た。

それ以来、ロニエは本屋に入ったことはない。

あまり物事に執着しないロニエだが、本についてだけは別だった。幼い頃から親しんでいた本も、今は一冊買うことすらままならない。その現実が辛くて、本屋には近寄れないのだ。だから、ロニエは自分が翻訳した本がいくらで流通しているのか、把握していない。

今のロニエが読むことができる本はすでに持っていたものと、翻訳のために渡される原本だけだ。翻訳という特技があるからこそ、本に触れることができている。

「ネアテ語が堪能なんですか」

海を越えた先にある、大陸ネアテで使われている言語。

文化も言語系統も大きく違うその大陸に、ロニエは幼い頃からずっと憧れていた。

特にロニエを惹《ひ》きつけたのは、外国の物語と歴史だ。

親の財力に任せてネアテ語の本を蒐集《しゅうしゅう》し、辞書を引きながら読んでいるうち、いつしか自分でも翻訳できるほどネアテ語に詳しくなっていた。

両親はとても心配性で、ロニエが外に出ることを嫌がった。ロニエが街に出かけたことなど数えるほどしかない。学校に行くのでさえ、馬車で送り迎えされていたのだ。

学校を卒業した後も、親の過保護は収まらなかった。

二人は「素敵な配偶者を連れてくるから、自分を磨いて待っていなさい」とロニエに言いつけ、ちょっとした散歩すらかなり制限した。

外出もままならず暇を持て余したロニエは、好きなだけ与えられるネアテ語の本を読んで、心の中だけで旅をした。家業にも関係がなく、教養としては一般受けがいまいちで、父はのめり込むロニエを微妙な顔で見ていたけれど。

それでも両親はロニエの気質が金貸しには向いていないと判断したのか、仕事のことは教えなかった。おそらく、将来はロニエの配偶者に家業を任せるつもりだったのだろう。

結局、この趣味のおかげで、細々《こまごま》とでも生活することができているのだから、人生とはわからない。

「堪能というほどじゃないですよ、特に発音なんか本当にひどいし。一度ネアテの人と話す機会がありましたが、ほとんど通じませんでした。結局、筆談で乗り切りましたが」

「……読み書きできるだけでも、かなり稀有《けう》な能力ですよ」

確かに、ロニエの周りでネアテ語を扱える人間はいなかったかもしれない。

それなりの貿易関係にあるとはいえ、ネアテ語を使う必要があるのは貿易商と船乗り、それから外交官くらいだろうか。言語学者だって、数は多くない。

そういう観点で見れば、ロニエは珍しい存在と言える。

ただし、ロニエがやっているのは趣味に毛が生えたようなささやかな仕事だが。

「おかげで、飢え死にしなくてすんでいます」

ロニエはリビングのテーブルの上にグルナールからもらった報酬を広げて、次の借金返済の分をよけておく。翻訳料から借金返済分を引くと、キビネズミの朝飯程度のお金しか残らない。いつもそのお金でどうやりくりして生活するかばかり考えていた。けれど、しばらくは食費が浮く予定なので、その間は貯金ができる。ロニエは次の月末に手元に残るお金のことを考え、気分が浮かれた。

そうだ、ジャックと共同生活をするための取り決めをしてしまわなくては――そう思った瞬間、手元に影が差す。

視線を上げると、ジャックが穴の空きそうなほどロニエのお金を見つめていた。

人前でお金を広げる行為は確かに行儀が悪かったかもしれないが、そんなに信じられないものを見る目で凝視しなくてもいいのではないだろうか。

笑顔を失ったジャックに、恐る恐る声をかける。

「あの……？」

「信じられない……」

さっきまであった、柔和な雰囲気はどこにいったのだろう。ジャックは目を見開いたままわなわなと微《かす》かに震えだした。

「よくもこんな金額で、生活を……」

「え？」

小さな声だったが、聞き取るには十分な音量でもあった。

今まで聞いていたよりずっと低い音で、ジャックが半ば独り言のように言葉を続ける。

「こんな……うちの下男よりも少ないぞ……いったいどうやってやりくりを……」

「使用人の仕事は、私には難しすぎるから」

自分で家事をやってみてわかった。あんなに小まめで丁寧で、力もいる作業はロニエにはできない。自分の家にいた使用人が、どんなに優れた能力を駆使していたのか。彼らと暮らしていた頃には、ついぞ気がつかなかった。

ロニエにできることといえば、家にこもって異国の言葉を訳すくらいである。

そうロニエが言うと、ジャックの顔はますます険《けわ》しくなった。本人もそれに気づいたようで、何度か深く呼吸をしてからいつもの雰囲気を取り戻す。

穏やかになった空気にホッとしたところで、再び玄関からノックする音が響く。

「はぁい」

さっきと同じように返事をして出ると、今度は借金取りのディエロがいた。

ほんのりふくよかな、片眼鏡が印象的な中年の女性だ。ナイフ投げの達人であり、不心得な債務者には服のあちこちに隠されたナイフを投げつけるそうだ。

幸いにして、ロニエはまだ実際にやっている姿を見たことはない。

「今回は、遅かったですね」

「あぁ、グルナールに締め切りを聞いていたから。それが終わってからにしたんだ」

朗らかに笑うディエロに今月のお金を渡す。

金額を確認すると、ディエロはそれを慣れた手つきで懐《ふところ》にしまった。

「はいよ、確かに。毎月滞りなくって、助かるよ」

笑い皺《じわ》のある目を細めたディエロが、ロニエの背後にいるジャックに気づく。

「おや、そちらさんは？」

「両親の知り合いです」

「私に隠さなくったっていいじゃないか、彼氏だろ」

「冗談でもやめてください」

顔こそ人生で見た中で一番綺麗な男だけれど、中身は押しの強い変人だ。

そんな彼と恋愛関係になるなんて、想像するだけで恐ろしい。

ロニエが強く否定すると、ディエロはからから笑いながら去っていった。

あっという間に現金が減ってしまったのは寂しいが、ひとまず一番重要な用事がすべてすんだところでロニエはホッとした。

「……今の金は、何に払ったんです？」

「借金だけど……この家を買ったときの」

「借金⁉」

――うわ、びっくりした。

そんな大声で、反応しなくたっていいだろうに。確かにロニエくらいの年齢で、家族もいないのに借金があるのは少し変かもしれないが。

保証人もおらず、担保にできるものがない人間が、お金を借りることは難しい。

グルナールの口利きがなければ、両親を失ったロニエは当座のお金もどうにもできず路頭に迷っていただろう。

「ちなみに総額いくらで、今はどのくらい返済した状態なんです」

この男は、なぜロニエの台所事情をこんなに詳しく聞いてくるのだろう。別に隠していることではないので、ロニエは正直に答えると、ジャックは再び紫の目を見開かせた。

「こ、こんな…家畜小屋もかくやのボロ家を……そんな値段で、しかも返すのに十年はかかる借金をしてまで………」

「ジャックさん？」

じり、と後退るロニエに気づいたのか、ジャックは深く呼吸してから謝罪した。

「失礼を、取り乱しました……今日は少し、調子が悪いようです」

謝られたからには許さないわけにはいかない。適当に返事をして休むようすすめると、ジャックはよろよろと元物置部屋へと消えていった。来客に中断され、同居生活にあたっての取り決めをしていないことにロニエが気づくのは、それから一時間後のことだった。

◇◇◇

グルナール・レナールは、しがない何でも屋だ。

この街の中では顔が広いほうだが、世間からの評価はわりと悪い。

グルナールは定職につくことを厭《いと》って、いい加減に生きてきた。

しかし、ある日転機が訪れた。

隣町の金貸し夫妻が、事故で死んだと情報が入ったのだ。

偶然にも同じ家名を持っていたことから、たわいもない思いつきが生まれた。

金貸しといえば、金持ち。きっと家には、たくさん金目のものがあるだろう。

形見分けに集まった親戚に混じって、いくらか失敬できるかもしれない。

しかし、グルナールがたどり着いたころには、その夫妻の屋敷はすっからかんだった。

泣きはらした顔の娘が一人、疲れ切った様子でグルナールを見つめるばかりである。

「この家のものは、みんな親戚が持っていってしまいました……あの、あなたは？」

間の悪いときに来た。いかにも箱入り娘といった風情の少女には、卑《いや》しい大人たちを追い払う力はなかったのだろう。

とりあえず遠縁であると適当に名乗って、軽く事情を聞いた。

両親の訃報が街に広まった途端、顔も知らなかった親戚たちがいっせいにやってきたらしい。そして生前にもらうと約束していたなどと嘯《うそぶ》いて、金目のものを片っ端から持っていったそうだ。

　本当に親戚だったのかは怪しいものだが、少女はそう語った。

「ここにはもう、何もありませんよ」

　そう言われても、自分とて遠路はるばるやって来たのだ。

　交通費くらいの儲けは、持って帰りたい。確かにもう金目のものは見当たらないが、少し話してみれば何か残っているものがわかるかもしれない。

「しかし、お嬢ちゃん。こんな家でどうやって暮らしていく気だい？」

「……少しくらいは、両親が遺してくれたお金があるので」

　それはそうだろう。いかに抜け目のない自称親戚たちでも、銀行にあるものは奪えない。

　金貸しが銀行に預けた金、なんともそそる響きじゃないか。

　少女の服装はいかにも令嬢っぽく、弱々しい態度は簡単に言いくるめられそうだった。

「ご両親がいくら貯めていてくれても、生きていくにはたくさん金が要る。ただ暮らしているだけじゃ、あっという間に無一文になっちまう。働き口のあてはあるのか？」

　資産というのは、何も物だけじゃない。若くて綺麗な女は、それだけで富を生む。

　世間知らずな小娘が、大人の脅しに不安そうに両手を組んだ。

　あと一押し。

笑い出しそうになるのをこらえて、できるだけ人の良さそうな顔を少女に向ける。

「俺は少しばかり顔が広くてね、仕事を探すなら紹介するぜ。お嬢ちゃん、何か特技はないのかい？」

たいていの場合、裕福な家の子供に求められるのは健やかさだけだ。美しく着飾り、家族に懐き、富裕層として標準的な教育を受けた後《のち》には、家族で選定した相手と縁を繋ぐ。家族が一気に死に絶えることなど、想定されていない。

少女は泣き出しそうになるのをこらえて、首を小さく横に振る。

哀れな少女とは裏腹に、グルナールはにやけるのをこらえるのに必死だった。

特技なんか、何ひとつなくたっていい。

若く瑞々しいその身体、艶やかな髪に美しい顔《かんばせ》。

その身体を売れば、市井《しせい》の凡人の何倍もの稼ぎを得ることができる。

「そうかい、困ったなぁ……」

わざとらしく顎に手を当てて悩んでみせると、娘の顔が悲痛に歪《ゆが》む。

それに痛むような良心をグルナールが持っていれば、家名が同じだけの他人の家に乗り込んできたりはしない。本題に入ろうとしたところで、先に少女が口を開いた。

「あの、ネアテ語の翻訳ならできます。それくらいじゃ仕事にはなりませんか？」

弱々しく尋ねる少女の前で、表情を変えずに思案する。

ネアテ語が理解《わか》るだって？　それなら、いくらでも稼ぎようがある。

少女の主張はグルナールの心を、少しばかり跳ねさせた。

この娘を女衒《ぜげん》に売り払うのは簡単だ。グルナールはスムーズに、金にありつけるだろう。しかし、それでは手に入る金はその時限り。多少額が下がっても、何度も稼げるほうがいい。

グルナールは警戒心を抱かせぬよう、優しげに少女に話を持ちかける。

「そんな特技があるんなら、そうだな……なんとか仕事を紹介してやれそうだ。そんなに金にはならねえが、暮らしていくことぐらいはできるだろうよ……やるかい？」

問いかけてみれば、少女はおずおずと頷いた。

こうして、グルナールは金の卵を産む鶏を手に入れた。

両親との思い出が詰まった屋敷を言葉巧みに売り払い、仲介料として無断でかなりの金額を差っ引いた。買い手のつかなかった下町のボロ家を豪邸のような値段だと嘯いて買わせて、多額の借金を背負わせたうえ、紹介料として少女が持つ資産のほとんどを奪った。

世間知らずの少女を困窮させたのは、わざとである。そうしておけば少女は生きるために働くのに必死で、不当に搾取されていることには気づけないだろう。

最後の仕上げに、グルナールは出版社に話をつけた。

グルナールが見つけてきた翻訳家は気難しく、自分以外と話はしない——そういう設定にしておいた。翻訳家としての筆名はグルナールが考えたもの。性別さえもあやふやな存在にしている。

グルナールは出版社からの依頼を受けて、その本をロニエへと持っていくだけだ。ロニエの翻訳した成果物に目を通すふりはするが、出来の良し悪しはわからない。

ただ、出版社は喜んで何度も依頼してくるので、たいしたものなのだろう。

少女はグルナールを信用して、翻訳業の本来の相場を調べようともしない。

そういえば、やたらに顔の造形が整った青年が少女の家にいたのが気になるが、どうせあの男も自分と同じ穴の貉《むじな》に違いない。

あの男が何を目的にしているかは知らないが、グルナールの取り分を減らすような真似さえしなければどうでもいい。

哀れな少女を使って得た金を数えながら、グルナールは一人静かに笑った。

第二章　牛と豚と人

　ジャックは十歳のころ借金のカタに売られて、そこからは女主人のもとでずっとペットとしての奉公をしていたせいもあり、わりと世間知らずだと自覚している。

知識の偏《かたよ》りもかなりある。

年上の女性をどう扱うか、その客である男女にどう媚びれば喜ばれるか。

金持ちの変態たちが好む服装、言動、悦《よろこ》ぶやり方。

そういったものにはかなり詳しいが、翻訳家の得る報酬の相場は想像もつかない。

貿易商をしていた両親は、大陸ネアテの人々と取り引きをするときにはネアテ語の通訳者を伴い、通訳者にいつも敬意を払っていた。

当然だ。言葉が通じなければ、商売は成り立たないのだから。

様々な仕事で、ネアテ語を使える人間が重用されていることを知っている。

だからこそ、ロニエが翻訳仕事で得た報酬に疑問を覚え、ジャックは家令に翻訳や通訳の報酬相場を調べさせた。自分で調べることができればいいのだが、世間知らずなジャックが動くよりは家令に任せるほうが効率よく情報を集められる。

復讐をするのだと意気揚々と出掛けたジャックが、金貸し夫妻の娘の家で家政夫をしていることを家令は不思議がっていたが、三日も経たないうちに調査結果を寄越してきた。

予想通りロニエの報酬は、他の翻訳家の報酬額と比べるとあまりにも少ない。

出版社の報酬設定が悪いのか、あのグルナールという男が中抜きをしているのか。

どちらにせよ足元を見られていることは間違いない。

こんな低報酬で働いていれば、一生借金漬けで貧乏暮らしだ。

その上一月《ひとつき》暮らせるかどうか怪しい金額の報酬に疑問も抱かず、それどころか収入の半分近くも借金の返済に充てていた。

「十年もあれば払い切れますし、今のところ順調です」

そうロニエは胸を張って言っていた。

——誇らしげに話すな。お前は、何重にも騙されている。

翻訳家の報酬額を調べるついでに、グルナールという男のことも調べさせたが、想定通りにろくな人間ではなかった。

早急にグルナールを追い払い、まともな報酬を払う出版社と契約すべきだろう。

出会ったときにも思ったが、こんな状態の人間をどうやったらどん底に落とせるというのか。今現在で、すでにかなり底のほうである。

まずは借金を代わりに返済して生活レベルを上げてやろうかと考えたが、こんなに簡単に騙される馬鹿ではジャックが手を下す前に、借金がなくなった瞬間誰かに騙されて再び何もかもをむしりとられて終わりだろう。

復讐を成就するために、まずはロニエに健康で文化的な最低限度の生活を営んでもらわなければ。

詐欺同然というか、実質詐欺によって負わされた借金。

日々の生活すら危うい、明らかに不当な低報酬。

廃屋同然の家に住み、救貧院にいるよりも貧しい暮らし。

悪意に気づけなかったとしても、温室育ちのお嬢様にとってはすべてが堪え難い状況のはず。なのに、一緒に暮らしてから一週間ほど、彼女はそれに不満をこぼすことは一度もなかった。

健気なのではない、とジャックは思う。

おそらく、彼女はどうでもいいのだ。自分の身辺に起こる、一切のことが。

この家に入り込んだジャックが言うのもなんだが、いくらなんでも便利だからと出自のわからない男を招き入れるのは常軌を逸《いっ》している。

一応用意していた偽《にせ》の事情も、詳しく説明する機会は訪れなかった。

おおらかと言えば聞こえはいいが、投げやりな印象のほうが強い。

ジャックは掃除用具を抱えて静かに階段を上る。

一階の掃除は昨日で完了した。書斎がある二階もすべて制覇してしまいたいが、仕事の邪魔をするわけにもいかないし、自分の縄張りへの侵食を嫌うロニエは抵抗するだろう。

だからまずは、ロニエの寝室から気づかれないよう手を付けることにした。

部屋の四角にたまった埃、汚れで曇り切った窓ガラス。淀んだ空気。

窓を開けて、換気しながらあちこちを掃除する。

起きたまま整えられていないぐちゃぐちゃのシーツは、いつ洗ったのだろうか。

少なくとも、ジャックがここに来てから洗濯物で見かけたことはない。

部屋の端にあるボロボロの椅子の上には、放置されている服がたまっている。

チェストにしまうのが、面倒だったのだろう。

片付けるために引き出しを開けると、そこには擦り切れた雑巾のような布が入っていた。

一見ただのボロ布だが、よく見ると下着のようだ。

――萎える。

勝手に部屋を漁っておいて理不尽な感想だと思うが、限界を超えた下着を酷使している女を性的な対象として見られる気がしない。

ジャックが立てた復讐計画には、色仕掛けも入っているのだ。

むしろジャックの本領は、色事《そっち》にある。

老いた女主人に仕込まれた技を発揮して、ジャックに惚れたアレを、金持ちの物好きに売り払って心から絶望させるなども考えていたのだ。

色々やり方はあるだろうが、恋愛感情というのは復讐とかなり相性がいい。

肉体面や経済面だけではなく、精神面も貶《おとし》めることができたら、どんなにスカッとするだろうか。

『ジャック……』

瞳を潤ませて身を預けてくるロニエに、ジャックは微笑みかける。

毎日ちゃんと洗ったシーツの上に彼女を横たえて、野放図《のほうず》にベッドに散った髪へキスをする。それから、流行を完全に無視した服の中の栄養の足りない肌を撫で、ゆっくりと口ニエを生まれたままの姿へと導いていく。

『あっ……』

女の柔い肌に舌で触れながら、あちこち擦り切れて色のくすんだ布なのか雑巾なのか判然としない下着へと手を伸ばし——

「無理だ」

思わず、声に出た。

ジャックはどんなに自分の好みから外れた容姿の女でも、抱ける自信はあった。

身体が大人になってからは、あの忌々しい老いた女主人を何度も満足させていたのだ。

それに、彼女が引き合わせてくる〝友人〟に奉仕をしたこともある。

相手がどんな人間であろうと、ジャックに断る権利など存在しなかった。

満足させられなければ、酷い罰があった。

だから、ジャックはどんなゲテモノとでも寝られる、強い精神を獲得したのだ。

しかしそれは、慢心であったらしい。

身体的特徴はともかく、あの女主人やその友人たちは腐っても金持ち。

衣服はきらびやかで、もちろん下着だってレースでできていたりビジューで飾られていたりした。たまには革製のものもあったりしたが、どれも新しく手がかかったものであったことは間違いない。

だから、こんな、捨てたほうがマシな下着への耐性を、ジャックは獲得していなかった。

人間には、自分でも思いもよらないところに弱点がある。ジャックはまさか自分が下着程度で萎える繊細さを持ち合わせているとは、考えてもいなかった。

考えれば考えるほど、ロニエ相手に特技を使える自信がなくなってくる。

予想もしていなかった難題に、ジャックは頭を抱えた。

まず、ジャックがロニエを最低限、そういう対象として認識できるように整える必要があるだろう。色仕掛けをしようにも、今のロニエ相手ではスマートにやれる自信がない。ロニエの前髪から覗く輪郭や瞳を見れば、顔はさして悪くないことがわかる。まだ枝に近い肉付きだって、毎日栄養のある食事を与えればほどほどになるだろう。

元ご令嬢なだけあってテーブルマナーは美しくなめらかな手つきは優美で、育ちの良さがすぐにわかる。髪を切って襟のよれていない服を着れば、かなり見られる状態になるのではないだろうか。ジャックは選り好みなどできない環境で生きてきたので、そもそも美醜にあまりこだわりはないが。

下着を改めてほしいだけなのだが、突然新品の下着を贈る男はさすがにやばい。

まずはロニエの伸び放題の髪を切って、服を買い与える。

そして、さも当然のように下着も与えればいい。

ジャックがちゃんと使いものになるような、華奢で愛らしいやつを。

身なりを整えることにより、突然下着を買わせる異様さを誤魔化《ごまか》す作戦だ。

少々まだるっこしいが、下着単体で押しつけるよりはマシだろう。

この作戦は、ロニエの社会性の獲得も兼ねている。ちゃんと復讐が映えるように。

決して、下着を買い与えたいがための作戦ではないのだ。

掃除の手を動かしながら、書斎に引きこもっている彼女を外へ連れ出す方法を、ジャックは考え始めた。

◇◇◇

「ロニエさん、今日は出かけませんか」

朝食を終えると、ジャックがそんなことを言い出した。

お断りしたかったが、書斎にこもりきりでは身体に悪い、息抜きをしよう、たまには日光を浴びる必要もあるなどと主張するジャックと会話が平行線になる気配を察して、ロニエは引くことにした。

態度こそ柔和だが、ジャックは一度言い出したことを変更しない。そもそも人の言うことを素直に聞くタイプなら、押しかけ家政夫などしていないだろう。

しぶしぶ「わかった」と返事をすると、ジャックは嬉しそうに微笑んだ。

花がほころぶようなその笑顔に、ロニエはなぜかしみじみとしてしまう。彼はロニエと一緒に歩くということが、どんなに価値がないことか理解していないのだ。

ジャックはロニエが見てきた男性の中で、最も綺麗な男と言っていい。

光の当たる角度によって艶の色が変わる、綺麗な白い髪。神秘的で珍しい、紫の目。顔も申し分なく整っている。おまけに背も高い。

その彼が街を歩けば、注目を浴びることは必定。そして、その隣を歩くボサボサ髪にボロ服を着た女を見て、道ゆく人々は怪訝な顔をするのだ。

なぜこんなみすぼらしい女を連れ歩いているのかと。

想像するだけで、げんなりする。

まるで連行される罪人のように、ロニエはジャックの広い背中に続いて家を出た。

彼は長い足をゆっくりと運び、ロニエの歩調に合わせてくれているようだ。

そんな様ですら優美なのだから、勘弁してほしい。予想通り、道ゆく人々がみんなジャックに注目している。彼にとってはこれが当たり前の状態なのか、少しも気にしているそぶりはない。男性はたいていジャックを見て驚いた顔をして終わりなのだが、女性の多くは違う。女性はジャックに見惚れた後、やや後ろから追随《ついずい》しているロニエに気づく。

それから、怪訝《けげん》な表情をして瞬きをするのだ。

言葉にされなくとも、わかる。ジャックに対してロニエが不釣り合いすぎて、様々な疑念が渦巻いているのだ。嫉妬《しっと》とも侮蔑《ぶべつ》ともつかない視線が、まるで蜘蛛糸のように身体中にまとわりつく。

「もう歩き疲れた」

帰りたいと遠回しに言ってみたが、あっさりとジャックに無視されてしまう。

ふいにジャックは理髪店の前で足を止めた。美意識の高い人間を相手にしていそうな、華美な店構えだ。美容に対して、並々ならぬ意欲があるのだろう。店内が見える窓には色とりどりの花が飾られていた。心なしか、いい香りもする。

「着きました」

「……え？」

呼び鈴のついた扉をジャックが開けると、感じの良さそうな店員が出迎えてくれる。

くるくる巻いた髪をサイドに流した店員の女性はジャックと二言三言会話をしてから、

ロニエを見て微笑んだ。明らかに、ロニエより事態を理解している表情だ。優しく接しようという気合いが溢れている。

「お待ちしておりました、ロニエ様」

騙したな——心の中でそう叫びながらジャックを見たが、彼はさらりと微笑むと外で待っていると告げて出て行ってしまった。

まさかの事態に茫然としているロニエを、店員はあっという間に鏡の前の椅子に座らせ、存分に腕を振るう。

一連の暴虐が終わった後、理容師に仕上がりを確認させられた。鏡の中のロニエの表情は複雑だった。今時の流行に合わせて切られた髪のおかげで、少しは垢抜けて見える気もする。だが、前髪を不当に奪われたという気持ちがぬぐえない。

ロニエが最後に髪を切ったのは、一年前。いい加減限界を感じたので、雨の日に家の裏の水溜まりを鏡にして、自分で切った。長い髪は売れると知ったのは、ざんばらに切った髪を捨てた後だ。貴重な収入源を無駄にした後、ロニエは次こそ売ろうと心に決めた。

まさかそのために伸びるがまま放置していた髪を、騙し討ちで切られるなど思ってもいなかった。この理髪店には、髪を売るような人間は来ないだろう。床に落ちたアプリコットの毛は、当然のように箒で掃かれ捨てられてしまった。

呆然としていると道に面した店内の窓から、ジャックが迎えに来たのが見えた。向かいにあるカフェで終わるのを待っていたらしい。彼を追って出てきた赤い口紅の女性に呼び止められていたが、それをあっさりとあしらって理髪店に向かって歩いてくる。

あれだけ美しい顔をしているのだ。やはりモテるらしい。ジャックにとっては日常茶飯事なのか、女性に話しかけられても動揺することもない。

ロニエだったら、知らない人に声をかけられただけで狼狽《ろうばい》する自信がある。

本当はジャックに文句のひとつも言いたかったが、ふてくされているロニエを労《ねぎら》い「素敵だ」と褒めてくれたうえに、支払いまでされてしまった。こうなっては強く文句を言うのも、気が引ける。

しかし、精神のほうはもう限界だ。できるだけ哀れっぽく、ロニエは主張する。

「もう帰りたい」

ジャックは困ったような表情で曖昧に笑った。ロニエの主張を、あまり聞き入れる気はないようだ。

「では、こっちを通りましょうか。道なりに行けば家に着きますよ」

そう言ってロニエを歩かせたあげく、ジャックはしばらく歩くとにっこりと微笑みながら婦人服の店の前で立ち止まった。

「ちょうどいい店がありますね。せっかくなので、服も買っていきましょう」

ロニエが露骨《ろこつ》に嫌な顔をしても、ジャックは気にしない。

婦人服の店員はロニエを見つけ目を輝かせた。どうやらここでも、ジャックと店員の間で話がついている雰囲気だ。またもや謀《はか》られたらしい。

「いらっしゃいませ、ロニエ様。まずは採寸してから、服のお好みをお伺いします」

「や、あの、ちょっと」

ロニエは引きこもり生活を送っていたせいで、声が小さい。弱々しく拒否してみたものの、使命感に燃えた店員には通じない。ろくに抵抗もできず、更衣室へと連れ込まれてしまった。

採寸を終えて戻ってくれば、ジャックが山のように洋服を積み上げている。どうやら待っている間に、ロニエの服を選んでいたらしい。

「お疲れさまです、どれでも好きな服を選んでください」

やたらとご機嫌に言葉を放つジャックを、ロニエは恨めしげに睨《ね》め上げた。

両親が生きていた頃は仕立て屋を屋敷に呼び、服をあつらえていた。一人で暮らすようになってからは、服は古着屋で購入していた。もちろん、金がないからだ。だから既製品を扱う一般的な服屋に入るのは、今日が初めてだ。

目新しい刺激は、ロニエにとって疲れるだけである。

「私、もう帰りたいんだけど」

「ではこの中でサイズが合うものにしましょう」

服選びを拒否したロニエに応じてジャックがそう言うと、店員は心得たとばかりにサイズの合う服をピックアップしていく。

よそ行きの服を少し、それから気軽に着回せるカジュアルなものを何着か。

ずらずらと並べられた服を見て、ロニエは口を歪めた。

「…………あの短時間で、こんなに選んだの」

「ロニエさんの好みがわからなかったので、目についたものをかたっぱしから」

店員は購入した服を包み、大きな袋に入れていく。

結構な量になった紙袋を眺めていると、店員はロニエに提案した。

「一着は着ていかれてはどうでしょう」

その提案になぜかジャックが頷いて、服を選ぼうとする。なぜロニエを抜きにして話を進めてしまうのか。腹立たしくてロニエは、はっきりと抗議した。

「ちょっと、私そうするなんて言ってない」

「しかし、せっかくここに普通の服があるんですから」

今のロニエの服装は確かに酷いかもしれない。執拗《しつよう》に繰り返された洗濯によって色褪《いろあ》せ、所々薄くなり古ぼけた様は服というより、布の集合体だ。

「私が今着ている服が一般的じゃないことは認めるけど、失礼よ」

「申し訳ありません……」

ジャックの態度にロニエは怯《ひる》んだ。そんなにしゅんとされては、怒りの矛先をどうしていいのかわからなくなってしまう。店員も話の行方を窺っている気まずさに耐えられず、慌てて並べられた服に視線を走らせた。適当に一着のワンピースを指差す。

「こ……これ、これにする」

「かしこまりました」

心得た様子の店員に更衣室へ誘導され、服を着替えた。

新しいワンピースは、ロニエのアプリコットの髪に似合っている気がする。こうしてまともに装えば、未《いま》だに良家のお嬢様に見えるなと、ぼんやりと鏡に映った自分の姿を見て思う。指先から薫る鼻につくインクの匂いが、その幻想をすかさず破壊していくが。

ジャックがあれだけ山と積んだ服は、もしかするとみんなロニエに似合うのだろうか。

「よくお似合いですよ、ねぇ」

店員がわざとらしくジャックを見た。

ジャックとロニエが、彼女にどのような関係に見えているかは知らない。

しかしロニエがどんなに地味な女であっても、こういうとき連れの男性がここで言うべき言葉はひとつしかない。

「大変可愛らしいですね」

ジャックの言葉に店員が満足げに微笑むと、ロニエは思い切り口を歪めて不満の意を表明した。


――この試練は、いつになったら終わるのか。

服を購入し終えたと思ったら、今度は靴屋に連れて行かれた。靴屋でも数足の靴をジャックが選んで購入という流れで、ロニエの抵抗など無に等しい。

結局、ワンピースに合わせて靴も新品のものに履き替えさせられた。新しい靴に慣れていない足が少し痛むが、ここから家までの距離なら我慢できるだろう。

たくさんの荷物を抱えるジャックに、すれ違う人のほとんどが目を奪われ、それに従い連れ立って歩くロニエへの注目も増えている。美しい男に荷物を持たせている女が何者なのか、気になっているに違いない。

髪を切って綺麗なワンピースを着た今でさえも、ロニエはジャックと不釣り合いだ。ジャックの顔面の良さだけの話ではなく、そもそも身なりが違う。ジャックの服はジャケットから靴の先まで高級品だ。おそらくは、オーダーメイドだろう。

ロニエが買ってもらった服も質の良いものだが、それでも既製品だ。

並んで歩けば、どちらが経済的に裕福かは一目瞭然。

ロニエは自分に向けられる視線を、できるだけ心を無にしてやり過ごす。足に感じる痛みを、意識の外に出すことに執心した。

「着きましたよ、ここで最後です」

ロニエの気持ちを知ってか知らずか、ジャックは朗らかだ。

今度はなんだとうんざりしながら店を見ると、フリフリのレースと繊細で小さくて、きらびやかな布地が並ぶショーウィンドウがロニエの目に飛び込んできた。

「下着屋さん……」

「話は通してありますので、好きなものを好きなだけ買ってきてください。僕はその辺で待っていますから」

どんな話を通したんだ。

男一人で女性用下着の店に来て、店員に話を通す度胸。その光景を想像して眩暈がする。

どうせ、いつもの笑顔で押し通したのだろう。

ジャックが微笑んで語れば、なぜか有無を言わせない雰囲気ができあがるのだ。

きっと一切の照れはなかった。なんとなく、そう断言できる。

女性の店員が店からするりと出てきて、にこやかにロニエを迎え入れる。

「や、あの」

「サイズをお測りしますので、まずはこちらへ」

店員は手早くロニエのサイズを測定した後、好きなデザインを選んでほしいと商品棚を見せてくれた。

両親がいた頃はすべてオーダーメイドだったので、既製品を見るのは新鮮だ。

ちなみに、今着用している下着も古着屋で買ったものである。肌に直で触れる布を中古で買うのには抵抗があったが、一度使ったらどうでもよくなった。

よく洗って使えば、大丈夫。

しかしすでに弱っていた布をさらに酷使しているので、ロニエの下着は一般的な下着っぽさからはやや逸脱している。

要所を守れていれば上等、という山賊のような心構えで生きていたので、華やかな下着たちにはどうしても気後れしてしまう。

ロニエの迷いを感じたらしい店員が、傍《かたわ》らで声をかける。

「そうですね……たとえば、これなんていかがでしょう？」

示されたのは、中心に紫のビーズがあしらわれたブラジャーだった。

大人っぽいデザインで、確かに可愛い。少々華美すぎる気もしたが、これはロニエが山賊風の下着に馴染みきっているからかもしれない。

「お連れ様の目の色と一緒の飾りが付いているので、喜ばれると思いますよ」

「そういう関係ではないので」

間髪容《い》れず、否定してしまった。

下着を買い与える男との関係など、恋人同士だと思われるのは仕方がない。

しかし、はっきりとそう示唆《しさ》されると強く否定したくなる。

実際、別にそんな色っぽい関係は一切ないのだ。

「そうなんですか、私はてっきり……」

あらあら、と声を漏らしながら店員が驚いている。

「ちょっとした縁があって、私の面倒を見てくれているだけなんです」

それも、半強制的に。

詳しい事情を説明する気にはなれないので、それは濁しておくが。

「申し訳ございません。それでは、純粋にお客様が気に入られた物を選びましょう」

さすがのプロ意識なのか、店員はその話題をあっさり切り替えて接客してくれる。

気に入ったものと言われても、ロニエにはどれもピンと来なくて申し訳ない。

強いて言えば要所が守れ、何回洗ってもへたらない頑強さがあれば素晴らしい。

「デザインはそんなにこだわらないので、着け心地がよくて丈夫なものはどれですか」

ジャックに買い物に連れまわされて、高価な品を買い与えられるのは、自分の貧しさを強調されているようであまり気分のいいものではなかったが、こうなればヤケである。服も靴もジャックが選んだものだが、下着くらいは自分の選んだものを買わせてもらおう。

ロニエの前向きな姿勢を感じて、店員はそれぞれの形の特徴を丁寧に説明してくれる。

既製品ひとつひとつにも、様々なこだわりが存在するらしい。じっくりと話を聞きながら、ロニエはデザイン、機能ともに納得がいく下着を数点選び出した。

要望通りどれも丈夫で、長く使えそうなものである。

今後のことを考えると、やはり重視するのは丈夫さになった。

選ぶまでに結構な時間を要したので、ジャックが待ちくたびれているかもしれない。

少々申し訳ない気もするが、衣服の買い物というのは元来時間がかかるものである。

「ではお包みしますね、お連れ様を呼んできていただけますか？」

「わかりました」

ロニエは財布……もといジャックを探しに往来へと出る。ジャックの居場所は、すぐにわかった。数人の女性が、彼を囲んで盛り上がっていたからだ。

「ねえ、すぐそこに素敵なカフェがあるのだけど」

「こんなに待たせている人なんか、置いていっちゃいましょうよ」

「あなたみたいに素敵な人、初めて見た。ね、どこに住んでいるの？」

絵に描いたようなモテ男ぶりである。

どうしたものかと立ち尽くしているロニエに気づいたジャックが、微笑んだ。

「あ、連れが来たので、これで……！」

ジャックはあからさまにホッとした顔で、そそくさとロニエの元へ寄ってくる。

女性陣はロニエの顔をチェックした後、怪訝な顔をしながら解散した。

こんな美青年に荷物を持たせ待たせているのだから、さぞや美人に違いないと勝手に想像されていたのだろう。

モテることは嬉しいのだろうと思っていたが、ジャックを見るとそうでもないようだ。

疲れた表情には、浮かれた感情など少しも感じられなかった。

少し、顔色が悪いような気がする。もしかすると、女性に囲まれた気疲れで具合を悪くでもしているのかもしれない。

ジャックは女性たちをあしらうのに疲れたのかもしれないが、ロニエも疲れ果てている。

こんなに長い時間、歩いて外出をするなんて何年ぶりだろうか。

服に靴に下着と、身だしなみ関係は一式揃えた――ジャックの金で。

もうほかに何もないはずだ。

――やっと家に帰れる。

無心に歩いていると、ジャックが口を開く。

「あとは食料の買い出しだけですね……何か食べたいものはありますか？」

そうだった。騙し討ちに次ぐ騙し討ちをされたせいで忘れていたが、外出の目的はロニエの日光浴と運動を兼ねた散歩、そして食材の買い出しだ。

食料品を扱う店を見て回れば時間はかかるし、足にも負担がかかるだろう。

そう思うと、さっきまで我慢できると思っていた靴擦れがじくじくと痛み始めた。

しかしそれを今言い出すのも気が引ける。

ロニエが望んでいなかったとはいえ、ジャックは半日も付き添ってくれた。付き添うというよりは監視というほうが、適切な表現のような気もするが。

本音を言えば、ここで別れてひとり先に帰ってしまいたい。しかし、ジャックひとりだけに食材の買い出しを任せるのはさすがに申し訳ない。

　ジャックが今抱えている大きな荷物の中身は、すべてロニエのものなのだ。

　後少し、ロニエが我慢すればすむ話だ。

「……クッキーとか、食べたいかな」

「了解です」

　ジャックは快く応えると、食料品店でテキパキと買い物をすましていく。

　ただでさえ荷物が多かったジャックの両手に、さらに買い物袋が追加されている。

　少しくらいロニエも持つと申し出るが、ジャックはロニエに荷物を持たせる気がないらしく、頑《がん》として譲らない。結局手ぶらのまま家路をたどる。

　そんなに家まで距離はないはずなのに、靴擦れが痛み始めてしまった。石畳の上をひょこひょこと歩いて、家路をたどる。

　今、ジャックが振り返ったら、ロニエが足を痛めていることにすぐ気づいてしまうだろう。美しく伸びた背筋を静かに追いながら、振り向いてくれるなよとロニエは祈る。

　世話焼きの彼のことだから、バレればこのまま病院に連れて行かれかねない。

　ロニエはもう一刻も早く、家に帰りたいのだ。

　ようやく懐かしい我が家が見えてきた。住み始めるときは「三日で倒壊しそうだな」と思ったボロ家だが、今だけはどんな屋敷よりも恋しい。

「ドア、私が開けるね」

「ありがとうございます」

両手に大荷物の男に扉まで開けさせられない。痛む足を無視して、ドアノブに手をかける。この間修理された扉は、丈夫だけど少し重くなってしまった。

大量の荷物がリビングのテーブルの上にどさりと置かれた。ジャックがロニエに無断で新調していなければ、荷物の重さでテーブルは潰れていたかもしれない。

「さ、服を片付けちゃいましょうか。ロニエさんがいいなら、僕がチェストの中にしまってしまいますが」

「いい、自分でやる」

家族でもない異性に、自分のチェストをいじくりまわされるのは嫌だ。足をかばいながら服を抱えて階段を上ろうとしたロニエの背に、ジャックの硬い声がかかった。

「……足をどうかしたんですか」

ロニエは気まずくて、ついへらりと笑ってしまう。

「ちょっと靴擦れしちゃっただけ。放っておけば治るよ」

「いつからです？」

妙に圧のある動作に、一歩後ずさる。狭い家の中での逃亡だ、すぐに背中に壁が当たった。ロニエが怖がっているのを察してか、ジャックがうっすらと顔を笑みの形にする。

しかし、紫の目は笑っていない。美青年は、笑顔でも雰囲気によっては怖い。

「足首、だいぶ血が滲んでますね……もっと前から痛みを我慢していたはずだ。なぜ教えてくれなかったんです」

逆光になったジャックからは、あまり表情の機微《きび》がわからない。

呆れているような、怒っているような、微妙な雰囲気だ。

「傷を見るので、そこに座ってください」

そこ、と指されたのは食卓の椅子である。それで納得するならと思い、素直に座った。

目の前にジャックが跪《ひざまず》いてロニエの足を手にとる。

ワンピースを着ているせいで、なんだか落ち着かない。

「……タイツでよく見えませんね」

「ストッキングだよ」

「どう違うのですか？」

「えっと……今履いているのはタイツより薄くて、あと上で繋がってない……長い靴下みたいな」

年頃の殿方に自分はいったい何を説明しているのだろうか。

羞恥心でロニエは少し居心地が悪くなった。

「脱いでください」

「えっ」

脱ぐ、脱ぐとは。

確かにストッキングは容易に着脱できるけれど、人様の前で何にも覆われていない足を見せるような教育は受けてこなかった。

「確認させてくれるんでしょう？」

ジャックが、ロニエを急かす。

「…………………………いったん、向こうむいてもらっていいですか」

そう言うと、ジャックはようやく何かに気づいた表情をした。

軽く了承して、後ろを向いてくれる。

よかった、ジャックとロニエの常識ラインは、だいたい同じところにあるらしい。

ジャックの視線が途切れたことに安心して、スカートの中に手を入れる。

いつもは気にしないような衣擦れの音が、耳にうるさい。

ジャックにはどれくらい聞こえているのだろうか。やましいことは何もないはずだが、心臓が早鐘を打ち始めたのを感じる。

――もしかして、私、かなり恥ずかしいことをしているのでは。

片足のストッキングをやっとの思いで脱ぎ、少し悩む。どうせ両足の状態はあまり変わらないはずだし、片足だけ見せて納得してくれないだろうか。

しかし両足を確認させろと言われたら、ロニエはまたこの妙に恥ずかしい時間を過ごさなければいけなくなる。

そんな間抜けかつ気まずい事態は、断固避けていきたい。

ロニエは意を決して、両方のストッキングを脱ぐことにした。

ジャックが女性に対してどのようなスタンスであるのかは謎だが、ロニエにそういう興味がなさそうなことだけははっきりとしている。

なにせ、この同居生活で貞操《ていそう》の危機を感じたことはないのだ。

今日一日、一人にすれば常に女性に群《むら》がられていたので、いまさらロニエのような一般受けからかなり離れた女くらい、どうってことないのかもしれない。

ジャックがその気になれば、老若男女選り取り見取りだろう。

衣擦れの音をできるだけ意識から追い出して、両足のストッキングを脱いだ。

くるくるとまとめて、膝《ひざ》の上にそれを乗せる。

「脱げましたか」

ロニエがどう声をかけようか迷っていると、ジャックが先に口を開いた。

曖昧に肯定すると、ジャックは静かにこちらへ振り向く。

視線が足元に行くのが居心地悪く、縋《すが》るように膝と膝をすり合わせた。

紫の目が伏せられて、長い睫毛が見える。

つくづく、信じがたいほどの美青年だ。

大きな手が踵《かかと》に触れる。冷えた足に触れる手に、火傷《やけど》しそうな心地がした。

◇◇◇

——迂闊《うかつ》だった。

ロニエの細い足首にはくっきりと、赤い跡がついている。

生白い足のか弱さに、ジャックは胃の腑《ふ》のあたりが冷たくなった。

「薬は……」

「そんなもの、この家にはないよ。しばらく出歩かなければ勝手に治るから……」

——深窓のご令嬢だったくせに、なんだその投げやりさは。

「もっと自分を大事にしてください」

最寄りの薬屋は、どこだったろうか。まずは治らなければ、復讐のしがいがない。

決して、あまりにも生存本能の死んでいる女が心配になったわけではない。

しかしロニエにはジャックの言葉は響かず、困った顔で曖昧に笑む。

「ごめん、そんなに傷つかれるとは思ってなかった」

傷ついた、俺が？　そんなことはないと言おうとして口を閉ざす。

ロニエの懐に入り込むなら、そう思ってもらったほうが好都合なはずだ。

なのに、なぜ反論したくなったのか。

「明日薬を買ってきますから、今日は安静にしてくださいね」

「大げさだなぁ。でも、ありがとう」

そう困ったような顔で笑いかけてくるロニエに、ジャックは内心鼻白《はなじろ》む。

ジャックが心から彼女を心配したのだと思って、安心ようとしたのだろう。

――早く、復讐を完成させなければ。

ロニエがジャックに惚れることは有り得ても、ジャックがロニエに惚れることなど有り得ない。こんな女に振り回されるなど、あってはならないことだ。

さっさと生活を向上させて、それからずたずたにしてやる。

ジャックを信じ切ったロニエが、裏切られ絶望する姿を見る――そのために、こんなボロ家で家政夫の真似事をしているのだ。

今日、ロニエの外見に社会性を持たせることができた。

あとは家令が調べ上げた情報をもとにロニエに働きかけ、能力の価値を把握させて翻訳家として適切な報酬を得させ、正当な生活の素晴らしさを知らしめるのだ。

それから、地獄へと叩き落とす。

絶対に、この手で。

しかしなぜ、ジャックがここまでやらなければいけないのか。

復讐に来たはずなのに、その前段階としての『下ごしらえ』が大変すぎる。

仕事の世話までしなければ復讐が成立しないなんて、なんて面倒な女なのだろう。

考えれば考えるほど、全身が怠くなってくる。頭痛の波が頻繁にくる。

「……ジャックさんも、今日はもう休んだら？」

ロニエの言葉に、眉をひそめた。ロニエの靴擦れの具合を確認している最中に少し、意識が飛んでいたらしい。心配げに覗き込むロニエにジャックが微笑んでみせると、表情をこわばらせ睨み返された。

「顔色が悪い……ほら、おでこも熱いし」

ロニエが踵を上げ背伸びして、ジャックの額《ひたい》に手を伸ばす。

額に当てられた手が、冷たくて気持ちいい。

「ほら部屋に行って」

小柄なロニエに背中をぐいぐい押され、ジャックはふらふらと自室へと歩く。朝からなんとなく不調を感じていたが、ろくに力も出ないあたり本当に具合が悪いようだ。

ひとつめの目標を達成できて気が緩んだのかもしれない。

ロニエの身だしなみを改善するために、ここ数日、街を歩き回って色々と情報を仕入れた。女主人の元では尊厳もなく飼われ精神的に過酷な生活を送っていたが、いわゆる市井の労働者のように働いた経験はジャックにはない。

ロニエの世話に家事、そして情報収集で街を歩き回って、思った以上に疲れたのかもしれなかった。それなりに鍛えていたつもりだが、変態たちに求められた筋肉と体力と、労働に使う体力では質が違うのだろう。

自己管理ができていないなど、ロニエのことを馬鹿にできない。

「熱以外に、他に症状はある？」

「特には……時々頭が痛いくらいかな」

「今日はもう、家事しなくていいよ。寝て」

その言葉と共に自室に投げ込まれて、扉を乱暴に閉められた。

とりあえず上着を脱いで、最低限楽な格好になった。

部屋着に着替えるべきかとも考えたものの、そのままベッドの中に潜り込む。

ジャックが頻繁に洗っているだけあって、シーツからは心がほぐれるようないい匂いがした。布団を頭の上にまで引っ張り上げると、もうベッドから出る気力がでない。

とろとろと意識が溶けていき、気づかぬうちに夢を見ていた。


脈絡のない場面がいくつも再生されて、次々とジャックを巻き込んでいく。

おぼろげな顔の両親が、ジャックに優しく語りかけてくる。

「ジャック、本当にすまない。私たちで一生懸命働いて、すぐに迎えにいくから」

「愛しているわ、ジャック」

頬に触れた手の温度は、どのくらいだったか。

葬儀に行くこともできなかった。

だからジャックの中の両親は、まだ土の上にいる。

息子を借金のカタに売って、迎えにくることも忘れて死を選んだ両親。

成長期を迎える前の、細い首に手が触れた。

女主人の派手な色の爪は、三日に一度は柄が変わる。

「ジャック、私が呼んだらすぐに来るのよ。さあ服を脱いで、その可愛い声を聞かせて。それがどんなに大事なことか、教えてあげる」

残忍で、汚らわしくて、恐ろしい女だった。

どうしてあの女の晩年を世話したのか、自分でもよくわからない。

奴が溌剌《はつらつ》としていた頃は、何度も殺す方法を考えたのに。

たぶん自分を支配したアレが、惨めに衰えていくのが見るに耐えなかったのだと思う。

赤い爪が、背中に食い込む。

痛みに声を上げると、背後で笑い声が聞こえた。

怖い、痛い。

どうして、自分がこんな目に遭わなくちゃいけない。

縋るものを求めて、手が泳ぐ。

温かい何かが、指先に触れた。

たすけて。


「父さん……っ」

「…………はーい」

予想だにしていない高い声が聞こえて、跳ね起きた。心臓が早鐘を打っている。

薄暗い部屋の中、声する方向を見ると、困った表情をしたロニエが立っていた。

ジャックが振り払ったのであろう手が、所在なさげに空に揺れている。

言うべき言葉が見つからなくて、ただはくはくと口を開閉してしまう。

ジャックの気まずさを理解しているのか、ロニエも複雑な顔で止まっていた。

「どうしてここに……」

「汗かいて苦しそうだったから……」

これ、と言いながらもう片方の手に持っていたタオルを見せられる。そのまま渡されたので、素直にこめかみに伝っていた汗を拭く。

確かにロニエの言うとおり、全身が嫌な汗で濡れていた。

「着替えたほうがいいと思うんだけど、チェスト勝手に開けていい？」

「……お願いします」

発した声は、ずいぶんと嗄《か》れていた。その音が震えていないことに、内心で安堵する。

枕元のサイドテーブルに水差しとコップがあったので、ありがたく使う。

小さな背を眺めながら、一杯の水をぐっと飲み干した。

寝る前には、この水差したちは確かに存在しなかったはずだ。

おそらくは、ロニエが用意してくれたものなのだろう。

「あ、こういうときは雑巾で身体を拭くんだっけ……」

服を漁る手を止めて、彼女が言った。

「濡れ布巾な」

掃除用の汚れた布を、人間に使うな。

そんなもので拭かれてはたまったものではないので、間髪容れず訂正をした。

ロニエはジャックの言葉を素直に聞いて、お湯の入った桶と清潔な布巾を持ってきた。

ジャックがこの家に住み込むときに用意したものの一部だ。

真新しい布巾を見て、少しホッとする。

手渡された布巾で身体を拭っている間に、ロニエは部屋の中をちょこまかと動く。

「服、これでいい？」

「あぁ……」

渡された寝間着を受け取って、汗で湿った服を脱いだ。濡れて肌にはりつく感触が不快だったのだ。手渡された布巾で身体を拭っていると、ロニエは急に間抜けな声を上げながら急いで部屋の外へと逃げていった。ジャックの裸に驚いたらしい。

着替え終わって少し経った頃、扉がノックされる。返事をすると、恐る恐るといったふうにロニエが入ってきた。服を着ているジャックを見て、ホッとしたように息を吐く。

そこまで、男の裸を恐れなくてもいいだろうに。

あの老婆の友人などは、こぞって見たがっていたのだが。

ロニエは静かにジャックの熱を手で測った後、小さな包みに入った粉薬を差し出した。

「これは？」

「風邪薬」

薬は少々高価な品だ。生活費はほとんどジャックが出しているとはいえ、ロニエにとっては高い買い物だっただろう。

靴擦れなどそのまま放置してれば治るなどと言っていた、ロニエのことだ。

自分用の傷薬など買ってはいまい。なのに、ジャックのための薬には金を出すのだ。

値段以上の希少さを、包まれた粉末に感じる。

「ありがとうございます、あとでお支払いを……」

「いいって、いらない。ジャックさんのおかげで節約できたお金で買ったし。それより、すごく苦いらしいよ……ジャックさんに、飲める？」

薄暗がりで、緑の目がこちらを窺う。見えすいた挑発に乗ることにした。

ジャックはロニエから薬を受け取って、ぐっと口に含む。

苦くてまずいうえに、喉に張り付いて噎《む》せてしまう。

ロニエが差し出す水の入ったコップをありがたく受け取って一息に飲み干すと、最悪な味の粉末は液体とともに体内へと流れていった。

「……あ、洗濯物もらっちゃうね」

ぐちゃぐちゃに丸めてベッドの脇に置いた服に伸びる手を、反射的に掴む。

「汚いので、大丈夫です。起きたら自分でやりますから」

細い腕はひんやりとしていて、触れるだけで心地いい。

ほとんどまともに家事をしてこなかった、柔らかい肌だ。

この手にジャックの汗を吸った服を握らせるのは、どうしてか躊躇《ためら》われた。

「それにどうせ、洗うのは俺でしょう」

「……洗濯物くらい、ジャックさんが来る前は自分でしてたよ」

「………」

この家を訪れたときに見た、あの洗濯物の山のことはまだ覚えている。

ジャックの視線に何を感じたのか、ロニエが心外そうに眉をひそめた。

「ともかく、家事のことは結構です。俺の仕事ですので」

「……治るまでは、休めばいいじゃない」

「どうせ明日には回復しているでしょうから、変わりません」

「何その自信」

「俺は、丈夫なので」

「へー、そう。じゃあ明日治ってなかったら、私が家事全部するからね」

なんの脅《おど》しだろうか。

よくわからなくなってきたが、深く考えるのも面倒くさい。薬の効能か、それとも飲んだという安心感からか、だんだんと眠くなってきた。明日になれば、すっかり治っているだろう。だから、わざわざロニエを言い負かす必要はない。

「どうぞ、ご随意《ずいい》に」

「了解、あとなんかしてほしいことある？」

この空気は、なんだかひどく懐かしかった。

そうだ、まだジャックに家族がいた頃。

幼い頃に病気をしたとき、こんなふうにあれこれと世話を焼かれたのだったか。

当時は、自分が借金のカタに売られることになるとは、露ほども思ってはいなかった。

少し高価な果物に、香糖の入った冷たい水。

枕元には入れ替わり立ち替わり、家族が様子を見にきてくれた。

肉体の辛さとは裏腹に、どこかくすぐったい気持ちで世話を受けていたのを思い出す。

してほしいことを、回らない頭でぼんやりと考える。

何かあったような気がするが、それが何かはわからない。

思考は靄《もや》がかかったようにはっきりせず、どうにも言葉になりそうになかった。

しばらく無言でいると、ロニエが空になった薬の包みを回収して去ろうとする。

ジャックは思わず、ロニエの服を摑んで阻止した。

「わっ」

腰のあたりをいきなり握り止められて、ロニエが間抜けな声を上げる。

緑の目が、あからさまに困惑を示しながらジャックを見た。弱ったジャックの握力など大したものではないだろうに、ロニエはそのままこちらに向き直す。

その姿を見て、幾《いく》ばくか安堵した。

今は、彼女の小さな背中を見送るのは、どうしても嫌だった。

「……俺が寝るまで、ここにいてくれ」

「私、お父さんじゃないよ」

「だから頼んでる」

過去には慕っていても、自分を売った男に誰が縋りつくものか。

「男女同衾《どうきん》は、さすがに問題がある気が……」

「同棲しておいて、何をいまさら」

「ジャックが、強引に入り込んできたんじゃない」

「そうだったか？」

「もー」

空とぼけてみせると、ロニエはそれ以上追及しなかった。

最初の頃を思えば、ずいぶんと親しくなったような気もする。

ロニエは数秒考え込んだのち、ベッドの上に身体を横たえた。

ふわりと、ロニエの香りが漂う。

女の匂いは嫌いだったはずなのに、彼女であれば不思議と心が安らいだ。

こちらを向いて寝転んでいるロニエが、小さな手をこちらに伸ばしてくる。

乾いた手のひらが、額に触れた。

「まだ熱いね……一緒に寝てるほうが、しんどいんじゃない？」

「行かないでくれ」

「ハイハイ」

まるで、むずがる子供を相手にしているかのようなリアクションだ。

軽く肩まで叩かれてしまい、大人としての矜持《きょうじ》に若干傷がつく。

——この女、俺に対して油断しすぎではあるまいか。

熱に浮かされた思考の中で、少々のいたずら心が湧いてくる。

ロニエの驚いた顔を見ることができれば、きっと気持ちよく寝ることができる。

根拠のない思いつきだったが、それはかなりいいアイデアに思えた。

熱を持った右手で、ロニエの柔らかい頬を撫でる。

彼女はいまだに俺が子供に見えているようで、へらりと微笑むほどの余裕を見せた。

「子守唄も歌ってほしい？」

「あくまで、子供扱いか」

「子供みたいに甘えてくるから」

屈辱である。

彼女に添えた手から親指を動かし、乾いた唇に触れた。

想像していた通り、柔らかい。

少し冷たく感じるのは、自分に熱があるからだろう。

「ジャック？」

ただならぬ雰囲気を感じ取ったのか、ロニエの笑顔がさすがに引きつる。

当然だ。ジャックに見つめられて、顔色を変えなかった人間などいない。

「ロニエ、おやすみのキスを」

空《あ》いているほうの手で自分の唇を指し示すと、彼女の頬が熱くなる。

暗いせいでよく見えないが、きっと赤く染まっているのだろう。

何かを言い返そうとして、ロニエの小さな口がぱくぱくと開閉される。

慌てきったその姿は、可愛くて面白い。

これで、彼女も自分のことを子供扱いなど、できなくなるだろう。せっかく同じ床に入ったというのにもったいない気もするが、大人扱いのほうがよほどいい。

鏡を見なくとも、自分が意地悪く笑っているのがわかった。

口の両端は吊り上がっているし、目の前の女は腹立《はらだ》たしげにこちらを睨めつけている。

さて、何秒すれば彼女はベッドから逃げ出すだろう。

心の中で数をかぞえていると、ロニエの整った顔が近づいてくる。

何のつもりだ、と口にしようとした頃には、額に柔らかい感触が当たっていた。

本当に小さな子供にするかのような、触れるだけのキスだ。

「じゃ、私は自分の部屋で寝るから」

唇が触れていたのは一瞬で、ロニエはさっと身体を引きベッドから降りようとする。

考えがまとまらないまま、反射的に彼女の細い肩を掴んで再びシーツの中に戻した。

「うわっ」

すばやく腕の中に閉じ込めてしまえば、あとは大した力も入れずとも固定できた。

「ちょっと、暑い！　放して！」

「放すと部屋に戻るだろ」

「当然でしょ」

言葉で返事をする代わりに、さらに強く抱きしめる。

呻《うめ》き声が耳に届いたが、ジャックは無視した。潰れるほど強くは、抱いていない。ロニエはしばらく脱出を試みていたものの、ジャックが抱きしめる以上のことはしないと理解したのか、一分ほどで大人しくなった。

少しの間もぞもぞと蠢《うごめ》いていたが、寝やすい姿勢を見つけたのかやがて動かなくなる。

二人分の呼吸音だけが、部屋の中に響く。

それを静かに聞いていると、ゆっくり意識が溶けていった。

瞼《まぶた》越しに、日光を感じる。

朝が来たのだと理解して、ジャックはゆるゆると意識を浮上させた。何度か丁寧に呼吸をする。夜感じていた怠さは、ほとんどなくなっていた。

今日を平穏に過ごしさえすれば、さらに明日には完璧に回復しているに違いない。

ロニエに回復したことを伝え、家事は自分がやると言ってやらねば。

ジャックが美しく整えたキッチンを、あの粗雑な女に触れさせるわけにはいかない。

窓から入る日光を見るに、ロニエが目覚める時間にはまだ早いが、そろそろ起きたほうがいい。活動を始めようと姿勢を変えると、腕の中の何かが唸《うな》り声を上げた。

シーツの中に、何かがいる。

温かくて柔らかくて、それなりのサイズ感の――生き物が。

「は？」

嫌な予感に確認すれば、視界にアプリコットの髪とつむじが飛び込んでくる。

ジャックの動きで目が覚めたのか、それはもぞもぞと身じろぎながら身体を起こした。

若葉のような瑞々しい色の瞳が、ジャックを映す。

「あ……おはよ……風邪、どうなった？」

明らかに寝起きの、かすれた声。

ふにゃりと、どこまでも無防備に、ロニエが微笑《わら》う。

胸元に残る温もりと、目の前で首を傾げるロニエの姿に、ジャックは悲鳴を必死で呑み込んだ。

「ど、どうして……」

同じベッドにいるんだ、とは恐ろしくて口にできなかった。しかしロニエはジャックの意図をちゃんと汲んだようで、疑問を抱く様子もなく返答する。

「昨夜、薬を飲んだジャックに抱き枕にされたから。しかもそのまま寝ちゃって、私の力では……ジャックが完全に寝落ちした後に頑張れば脱出できたかもだけど、病人の睡眠を邪魔するのも悪いかなと思っ——」

「悪かった、俺が悪かったから細かい説明をやめてくれ、自己嫌悪で具合が悪くなる」

最悪だ。

具合を悪くして心細くなったからとはいえ、子供《ガキ》みたいなことを……！

意識がはっきりしていくのと共に、昨夜の醜態が思い出されていく。

子供のように駄々をこねてベッドに引き込むなんて、紳士としてはあるまじき行いだ。

ロニエは、いったいどう思っただろう。

取り繕う余裕もなく、ジャックは両手で顔を覆って己の行いを悔《く》いる。

ジャックが苦しんでいるのを見て、ロニエは楽しそうに笑った。

「…………何笑ってる」

思いの外、低い声が出た。

しかしロニエのニヤニヤ笑いが、収まる気配はない。

「や、ジャックでも動揺するときはあるんだなと思って」

「してない」

「本当に？」

「しつこい」

「パパにも教えておくれ」

噎せた。

妙な噎せ方をしてしまったらしく、一度やったあとは何度も咳き込んでしまう。

げほげほ言いながら肩を上下させていると、ロニエが慌ててジャックの背をさすった。

父とはかけ離れた小さな手が、布を一枚隔てた肌の上を行き来する。

「ごめん、ごめん。からかいすぎたね。まだ調子が悪いみたい。今日はゆっくりしなよ。食欲ある？　朝ごはん作ってあげる」

「面白がってますね」

「うん、ジャックも弱ると大人しくなるんだなって」

――ジャック。

いつもついていた敬称が、失なわれていた。

――こいつ、俺のことを侮《あなど》ってるな？

ご機嫌なロニエは、胡乱な目で見るジャックに気づかない。

「そこで待っててね、朝ごはん作ってくるから」

彼女は足取りも軽く部屋を出て行く。

その小さな背中を見送りながら、ジャックはかつてない屈辱に震えた。

侮られたままでは、ロニエ改善計画に支障が出てしまうかもしれない。

どうすべきか迷っているうち、ロニエが早々に戻ってくる。

早すぎる、どう考えても料理をしてきた速度ではない。

「ジャックお待たせ、はいどうぞ」

片手で持てる大きさの皿が、無造作に手渡される。

覗き込むと、緑の葉野菜が適当にちぎられた状態で盛られていた。

「…………サラダ？」

かろうじて料理名で表現してみたが、その実態は草の盛り合わせに近い。

ジャックの前半の沈黙を意に介することもなく、ロニエは誇らしげに頷いた。

「そう、お肉とかは今しんどいでしょう？」

確かに今、カツレツなどを出されれば、ろくに食べることもできないだろう。

体調を崩したときに、揚げ物や肉を避けるのは正しい。しかし、ちぎられた生野菜というのも釈然としない。一般的な療養食とは、粥などの消化しやすいもののことを言うのではないだろうか。

少なくともジャックはこの人生で、体調不良のときに〝草の盛り合わせ〟を与えられたのは初めてだ。自分の中の常識がぐらつくのを感じながら、しばしそのサラダっぽいものを眺めた。

「もしかして野菜は嫌い？　あ、好き嫌いしてるから体調崩したんじゃないの？」

心外極まりない言葉を吐かれてしまった。

野菜は嫌いではない。ただこれを食べたくないだけなのだ。

こんな、料理というのもおこがましいような、ちぎり野菜を。

「仕方ないなぁ」

ジャックの思いが通じたのか、ロニエが皿を回収する。

そして一緒に持ってきたフォークで野菜を刺し、ジャックの口元へと添えた。

「はい、あーん」

――なんの真似だ。

野菜の表面で、水滴が光っている。一応、ロニエにも野菜を洗うくらいの知恵はあったようだ。衛生的には安心だとはいえ、そういう問題ではない。

ひんやりとした感触が、唇にちょんちょんと当てられる。

――この女、俺のことをうさぎか何かと間違ってやしないか。

ジャックの無言の拒否に、ロニエは不思議そうに首を傾げた。

「ジャック、食べないと元気になれないよ」

「もう十分に元気で……んぐ」

話している途中で、開いた口に野菜を突っ込まれた。

やり方が完全に赤子か動物に行うそれで、確信する。

ロニエが誰かを看病するのはこれが初めてに違いない。

――この草、味も付いていない……。

ただ水分と、青々しい味が口の中に広がる。ドレッシングを作ることは当然できなかったらしい。一度口に入ってしまったものは仕方がないので、黙々と噛み締めた。

「ね、美味しいでしょ」

ご機嫌なロニエがそう言うが、そんなわけがない。なぜか誇らしげですらあるが、美味しかったとしてもそれは完全に野菜本来の力でだ。

咀嚼《そしゃく》しているのをいいことに返事を流したが、ロニエが気にしたそぶりはない。

成功に気を良くしたロニエは、二枚目の野菜をジャックの口元へと再び運んできた。

緑の目が、ジャックを見つめている。拒否をされるなどと、ひと欠片も想像していない輝きが、ジャックを刺す。

「はい、あーん」

抵抗は無意味だ。

そんな言葉が、頭の中をグルグル回る。

与えられた野菜に、今度は抵抗せず口を開けた。

素材の味しかしない緑のそれに対して、機械的に顎を動かす。

あまりの屈辱に口汚く毒吐《どくづ》きそうになったが、かろうじて止めた。

――この借りは、絶対に徹底的に返す。

ジャックは野菜を咀嚼しながら、復讐へのモチベーションを再充填していた。

第三章　棒を濡れた穴に出し入れするやつな～んだ

――ジャックが病気になるなんて、思ってもいなかった。

ロニエにとってジャックは世話焼きだけどうさんくさく、なんでもできるけどうさんくさい、あまり人間味を感じられない男だった。

体調を崩したとわかったときには、まず最初に「人間だったのか」と驚いた。

寝ている彼がうなされていたのは可哀想だったが、摑んだ服を放してもらえなかったときなんかには、ロニエはひどくジャックのことを身近に感じたのだ。

抱きこまれたまま寝てしまったのは、不覚だったけれど。

思えばジャックがロニエに隙を見せることなど、昨夜まで一度もなかった。

だから弱った姿が、とても貴重に見えたのかもしれない。

人の看病をするなんて初めての経験だったが、つつがなくやれてよかった。悪化させたらどうしようかと少し怖かったが、翌朝にはかなり回復していた。

本人の申告通り、丈夫なのだろう。

ジャックが狼狽した様子を色々と思い起こしながら、ロニエは朝食の香りを嗅いだ。どうやら、彼はすっかり元どおりらしい。階段を降りてリビングへ行く。

「おはようございます、ジャック」

「おはようございます、ロニエさん」

自分が看病されたことをまだ屈辱に思っているのか、ジャックの機嫌は悪そうだ。

その様子がますます面白くて、つい笑顔になってしまう。

ロニエが笑っているのを見たジャックは、さらに険しい顔になった。

「ずいぶんご機嫌ですね」

「そうかな」

ジャックが手慣れた動作で、テーブルに料理を出してくれる。いつもよりさらに凝っている料理は何かの主張だろうか。ありがたいので、いそいそとフォークを持つ。

クルトンが乗ったサラダのドレッシングは、酸味と風味がほどよくて美味しい。

食欲をそそる香りのコンソメスープを飲んで、ほうと息を吐いた。

「やっぱり、ジャックのご飯のほうが美味しいね」

ジャックがさっと目を逸《そ》らして、ぐうと不思議な声を出した。

まだ、調子が悪いのかもしれない。気をつけて様子を見ておこう。

そう心の中で決めながら、朝食を食べる。

ジャックのご飯は本当に美味しい。彼が満足すれば恩返しという名の同居生活は終わってしまうが、それまではこれを大切に味わっていたい。

美味しいご飯を心から楽しみつつ食べ終わると、ジャックがこほんと咳払いをした。

何か話があるらしい。

「先日は……本当に、お世話に、なりました」

非常に歯切れ悪く言葉を紡ぐジャックに、困ったときはお互い様だと返す。

望んだ覚えはないとはいえ、毎日ロニエのために家事をこなしてくれる人間が体調を崩したのだ、看病するのは当然のことだろう。

ジャックはそれでも納得がいかないのか、非常に微妙な顔をしているが。

しかしもう一度咳払いをして、いつもの表情に戻った。

立ち上がり食器を片付け始める。ロニエもそれに倣《なら》って、彼がテーブルに残していった食器を持っていく。

二人で片付けをした後、ジャックに促され一度リビングの席に着いた。

「大変個性的な看病でしたが、おかげで助かりました。このご恩に報いるため、僕もちょっと考えたことがありまして」

もともと、恩返しのために居座っているのではなかったか。

両親に対する恩返しと、ロニエの行為に対する恩返しでは何か種類が違うのだろうか。

不思議に思うが、彼なりの思考があるのなら口を出すようなことでもない。

いったい何が始まるのだろう。

ジャックがリビングのテーブルに、びっちりと絵の描かれた紙が広げられる。

白地に黒い線で構成された絵に、細かく文字が付いている。

「これは?」

「地図です、この街の」

見ればわかる。さすがのロニエとて、この街のだいたいの形は把握しているのだ。

当たり前の確認をしたあと、ジャックの長い指がある場所をトンと叩いた。

「で、この丸を付けておいたところが、ミリネー出版社」

「出版社?」

「そうです。翻訳物を多く取り扱っているようですね。ここへ営業しに行きましょう」

「営業って？」

なんだか聞き慣れない言葉を聞いたので繰り返すと、ジャックは力強く頷いた。

営業。

この文脈の場合はおそらく、仕事の受注などを目指して、人と会って話したりするやつのことだろう。曖昧な知識しか持っていないが、面倒くさいことだけはわかった。

私それパス、と言おうとしたものの視線で制される。

美形の真顔は、威圧感があっていけない。

「ロニエさんは、他の翻訳家の報酬額を知っていますか」

そんなことは知らない。ロニエには翻訳家の知り合いはいないし、そもそも継続的にコミュニケーションを取る相手が三人しかいないのだ。

仕事を持ってきてくれるグルナールと、借金取りのディエロと、押しかけ恩返しをしているジャック。あまりにも人脈が貧しくて、もはや若干面白い。

そんなわけで、ロニエは自分の仕事の相場など把握していない。

しかし、だいたいみんなロニエと一緒くらいではないだろうか。

そうロニエが正直に所感を伝えると、ジャックは静かに首を横に振った。

それから、指を四本立てる。

「わかりますか」

何を言いたいのか、さっぱりわからない。

「四倍です、あんたの、四倍」

「……っ、そんな、まさか」

一笑に付《ふ》してしまおうとしたけれど、ジャックの目があまりに真剣だったので、ロニエの表情は引きつった。

ジャックは、グルナールが多額の仲介料を抜いているのではないかと言う。

ロニエに仕事を持ってくるグルナールは、親切な人だ。家を見つけ、ローンを組んで、仕事をくれた。突然両親を失ってどうしていいかわからなくなったロニエには、本当にありがたい存在だったのだ。

ジャックの話が本当なら、ロニエはただいいように使われていただけになる。

「何かの、間違いでしょう……。そんな人じゃない、と思う」

「僕が信じられませんか」

「……グルナールには、もう三年もお世話になっているし」

ロニエがそう言うと、ジャックは深刻な顔のままじっとこちらを凝視してくる。

理知的な印象の紫水晶の目に見つめられると、居心地が悪くなってしまう。

少なくともジャックの目に、嘘の気配はしなかった。

ロニエは椅子に座ったまま、背もたれに上半身をぐっと押し付けた。

逃げたいが、逃げられない。

グルナールは、そんな人じゃない。そのはずだ。

しかし、それをはっきりと言うのは、なぜか躊躇われた。

結局、無言で弱々しく首を横に振ることに留める。

ロニエがジャックの言葉に動揺していることは、お見通しに違いない。

「はっきりとさせるために、自分で確かめたらどうでしょうか。来週に、この街の出版社に予約をとっています。……手紙でやりとりしましたが、とてもスムーズでしたよ。あなたはそこに行って、無名の新人翻訳家のふりでもして、仕事をひとつもらえばいい。翻訳の手が足りないと言っていましたから、うまくいくはずだ。無名の新人翻訳家がもらえる報酬は、当然今のあなたの報酬より低いはず。そうですよね？」

畳み掛けるように、ジャックがつらつらと話す。

それでも少しくらい抵抗したくて、ロニエは口を開く。

「や、私は……」

「大丈夫、僕が全部手配します。あなたは出版社で編集者と話をすればいいだけだ」

ジャックは端的に言うが、つまり出版社に出向くのは確定ということだ。知らない人の前で話す自分を想像した。名前を名乗り、社内に通してもらって、己が何者かを説明する。そして、自分に仕事を依頼してくれと頼むのだ。

無理だ。そんなことをすれば、人見知りで死んでしまう。

ただでさえ、この数年決まった人としかまともに会話をしていないのだ。知らない人相手に、そんなことができるとは思えない。

「ちなみにもう予約してしまったので、断るならご自分でどうぞ」

「そんな！」

——なんて酷いことをするんだ。この人でなし。

ロニエにそんなことをできるほどの社会性があるなんて、思ってもいないくせに。

困り果てた表情のロニエを見て、ジャックがにんまりと笑った。

いつもの穏やかなものではない。いたずらで困っている大人を見る子供のような、意地悪な笑顔だ。具合が悪く弱っているときにからかったのを、根に持っているらしい。

だからって、こんな重い仕返しは不当である。

「大丈夫ですよ。着ていく服が不安なら僕が選んで差し上げます。挨拶や話し方がわからないなら、一緒に練習しましょう。恩返しの一環ですから、お気になさらず。出版社で話を聞いて、グルナールの持ってくる金額と同じ条件なら、今まで通り彼と仕事をすればいいだけじゃないですか」

強引すぎる。最低だ。

朝食が終わるまでの浮かれた気持ちは、急速に冷え込んでいった。

突然降って湧いた試練に、ただ混乱するばかりである。

出版社の編集者は女性だろうか、男性だろうか。きっと、ある程度は年齢を重ねた人だろう。少なくとも大人で、ロニエより遥かに社交性、社会性を持っているに違いない。

考えただけで、劣等感で溶けそうになる。

両親が生きていた頃は、彼らの庇護下にいるだけでよかった。

二人が事故死してからは、グルナールの言うことを聞いているだけでよかった。

だからロニエは、自分で仕事の交渉事をしたことがない。

それどころか、そもそも自分の意志というものが存在しないのだ。

一般的に市井に生きている人々がおよそ持っている力を、ほとんど有していない。

そんな女が、どうして交渉などできるだろうか。

「む、無理……」

本気で無理。

ロニエの心が折れたのがわかったのか、ジャックの表情から笑みが消える。

彼からすれば、ここまで嫌がるとは思わなかったのだろう。

普通の人は、こんなことは当たり前にできているのだから。

ロニエはますます自分が情けなくなって、顔を伏せる。

テーブルの上のナプキンに、ロニエの影が落ちた。

「何がそんなに嫌なんですか」

きっと、ジャックにはわからない。

両親が死んで、知らない親戚がイナゴのようにすべてを持っていってしまったとき、ロニエは自分の価値のなさを、嫌というほど思い知った。

家族で使っていたテーブルも、誕生日に買ってもらったお人形も。

母が毎日磨いていた銀のカトラリーも、父が気に入っていた背広も。

何もかも、誰かが欲して持ち去った。

そして最後に、誰にも見向きもされないロニエが残ったのだ。

親戚たちにとって、ロニエは何の価値もなかった。

だから、ロニエが困るのもかまわずに家具も何もかもを奪っていったのだ。

両親はロニエのことを愛してくれていたが、彼らはもういない。

翻訳の仕事でほんの少しの報酬しかもらえないのだって、ロニエに価値がないからだ。

両親のように長年一緒に暮らした情が存在しないのなら、誰もロニエに価値を見出すわけがない。

グルナールは、ロニエに翻訳の仕事をくれた。

報酬が少ないのは当たり前で、だってこんなこと少し勉強すれば誰にでもできる。

借金があるのも、ロニエが大してお金を持っていなかったからだ。

でも、ジャックの言うことが本当なら、ロニエは騙されていた。

そう扱っていいとグルナールに思わせたほど、ロニエには価値がないのだ。

そんな価値のないロニエが、人前に出られるわけがない。

俯《うつむ》いて黙り込んでしまったロニエの前で、ジャックが狼狽する気配を感じる。

少しの間があって、息を吐く音。

呆れられた、そう思うと心臓が引き絞られる気分になった。

「……………何が怖いのか、教えてください」

そんなこと聞かれたって、答え方がわからない。

ロニエにとってはすべてが怖い。ジャックのような人間にはそれが理解できないのだ。

知らない人に自分の価値のなさを確認されるのも、グルナールがロニエをどう扱ったのかを知るのも嫌だ。

言葉を探して無意味に思考を空転させていると、いつのまにか座っているロニエの傍にジャックが跪《ひざまず》いていた。

ロニエの冷えた手を、静かに握り込まれる。

頬に彼のもう片方の手が触れて、そちらを向かされた。

視界の中へと、無理やりジャックが入ってくる。

「いいですか、ロニエさん。翻訳ができる人間というのは、少ないんですよ。少ない職能は重宝されます。あなたの仕事は、もっと値段がつくものだ。価値があるんです」

「そんなわけない」

――〝私〟がやる仕事が、それほど価値があるわけがない。

そう続けようとしたけれど、うまく言葉にできなかった。

まっすぐにこちらを見る紫の目があまりにも真摯《しんし》で、間違っているのはロニエのような気がしてきたからだ。低い声が、心地よく耳を打つ。

「出版社に行くギリギリまで、あなたが自信を持てるように話し方や装い方を学びましょう。知ることは力になると、あなたも本当は知っているはずだ。……それでも不安なら、来週出版社に行くとき、僕もご一緒しますよ。それからちゃんと、近くであなたが出てくるまで待っていますから」

ずっと側にいるだなんて、まるで幼年校へ行けない子供を励ますみたいな言葉だ。

本来なら馬鹿にするなと怒るべきだが、今のロニエにとってはひどく安心できる内容だった。無意識に、両手に力がこもる。

それに応えるように、ジャックに手を握り返された。

「……本当に？」

「ええ、本当に」

ロニエが前向きな姿勢になったのを感じたのか、ジャックの表情が緩む。

「絶対、待っててね」

「もちろん」

そう言うジャックの声が、あまりにも優しいものだから。

子供みたいな念の押し方をして、ロニエは営業に行くことを了承したのだった。


——早まったかもしれない。

鏡の前で髪の毛と格闘するロニエは、自分の不器用さにへこみそうになっていた。

「今右手で摑んでいる髪を、こっちに捻《ひね》るんだ……違う、そうじゃない。もっと余裕を持たせて――」

「後ろに、目なんかついてないんだけど」

「世のお堅い職業についている人は、髪が長ければみんな朝の十分でこれをやるんです」

「翻訳家ってお堅い仕事かなぁ」

「初対面の相手に、そう思わせろという意味です」

ハッタリを利《き》かせることの大事さを理解しないわけではないが、できないものはできない。右手の指に絡めていた髪が、力を抜いた拍子にするりと落ちていった。

「……髪、切ろうかな」

「ショートにするなら、夜は一時間早く風呂に入って完全に髪を乾かして、朝は三十分早く起きてセットする必要がありますが」

「ジャックもやってるの、それ」

「僕は髪質の関係で、必要ないみたいですね」

神様は不公平だ。

鏡を睨みつけるロニエの背後で、ジャックがやれやれとため息をつく。

朝食を食べてから一時間ほど、ロニエたちは延々とこうして髪を結っている。

ジャックがお手本としてやってくれたときは五分と掛からず完成した髪が、ロニエがやろうとするとどういうわけか永遠に完成しなくなってしまう。

それほど不器用なつもりはなかったが、見えない場所をいじるのは苦手であるらしい。

しかしこんなことで、新しい自分を発見しても困る。

どうにかしてロニエにヘアアレンジを覚えさせたいジャックは、さっきからずっと困り果てている。

「いったい、どうしてこんな……俺が無茶をさせているのか？　いやしかし、これくらいのことはどこのご婦人でも……んんっ」

独り言は、非常に不自然な咳払いで中断された。

ジャックはいったい、どこで様々なご婦人の髪を結う姿を見たのだろうか。

鏡台に散らばった銅色《あかがねいろ》のヘアピンを、ロニエは少々うんざりした気分で眺めた。

屋敷にいた頃のメイドたちは、本当にすごい技術を持っていたらしい。まさか、比較的シンプルに結い上げるヘアスタイルでも、こんなにたくさんのピンを必要とするとは。

「ねえ、一日だけのことだし、ジャックにお願いしちゃダメ？」

鏡越しに、背後の青年に交渉を仕掛ける。

両親を相手におねだりをするときは、こうして小首を傾げて頼めばたいていは叶ったのだが。紫の宝石みたいな目が、鏡の中のロニエに視線を注ぐ。

表情を見るに、聞いてくれるつもりはないのだろう。

背後から、ロニエの顎《あご》に手が伸びる。丁寧に、しかし有無を言わせない力加減で、鏡の中の自分と真正面から向き合わされた。

「何が見えますか」

「私」

「ええ。夕暮れの雲みたいに綺麗な髪で、新緑色の目には理知の光が宿った、聡明そうなお嬢さんです。実際聡明で、知識と勤勉さがなければできない仕事をしています」

「ジャック?」

「そして来週には、それに見合った報酬を得るようになっているでしょう」

鏡の中のロニエが、自分を目の中に映している。

背後ではジャックがまっすぐすぎるほどの目で、それを見つめていた。

「なにそれ」

「予言ですよ。気合入りました?」

「別に」

「僕は入りました。あと三回挑戦して駄目ならお茶にして、今度は礼儀作法を練習しましょう」

髪をまとめるのは駄目だったが、礼儀作法のほうはそれなりに自信がある。

これでも一応〝お嬢様〟だったので、一通りの教育は受けているのだ。

そう思って三回見事にヘアセットに失敗してから、ロニエはティータイムへと挑んだ。

こちらに関しては、特に苦労することもない。それが浅はかな考えだったと判明したのは、お茶請けのクッキーをふたつ摘んだあとのことだった。

「ロニエさんは、だいたい日に何ページくらい翻訳ができるんですか」

「えっ？」

考えたこともなかった。

一冊の期間なら一応ある程度の目安はあるが、ページ単位でなどいちいち考えてはいない。それにページ数なんて、日により気分により、まちまちだ。

「面接で聞かれそうなことは、あらかじめ答えを決めておきましょう」

ジャックの意見は、正しい。しかしこのティータイムを休憩みたいなものと捉えていたロニエには、ひどい仕打ちだった。ジャックのほうは最初からそのつもりだったようで、矢継ぎ早に仕事に関しての質問を向けられる。

「翻訳の中でも、得意な分野は？」

「逆に、苦手な分野は？」

「苦手なものでも、翻訳の質は保てますか」

「え、えっと」

どれも、深く考えたことのない質問ばかりでうろたえてしまう。

お茶の時間だったとしても、気を抜くことは許されないらしい。

「あと一週間しかありませんが、むしろ一週間全力でやればそれだけで終われますよ。ロニエさん、張り切っていきましょう」

そんなことを、言われても。

前向きな姿勢を見せるジャックとは裏腹に、ロニエは一週間みっちりと行われるであろう訓練を思って気が遠くなるのだった。

◇◇◇

「ねえジャック、本当にこれで大丈夫なの？」

「ええ、よく似合っています」

そわそわと落ち着かない様子で、自分の格好を姿見で何度も確認するロニエをなだめる。

朝から、身だしなみの確認をさせられるのは六度目だ。もともと見目が整っているのだから、清潔でまともな格好をしていればだいたい様になるのだが。

結局、髪を結うのは最低限のところまでも上達しなかった。

本人なりに頑張っていたのだが、致命的に才能がないのだろう。

「僕が整えたんですよ。完璧です」

「そ、そうよね。ジャックがやったんだから……」

実のところ、ジャックにだってそんなプロのような腕はない。

最低限、見栄えをよくした程度の状態だ。

しかし、自分でない人間が行《おこな》ったことが重要なのだろう。

服装をやたらと気にするロニエだが、髪を心配するそぶりはない。

今日は出版社へと赴くため、いつもよりも緊張しているようだ。先日整えた髪を四苦八苦しながら結び、膝を隠したスカートをそわそわと指で確かめている。

清楚で、それでいて世間知らずには見えないように洗練されたデザイン。

これならば、そう侮られることはないだろう。

六度目の励ましを言うと、彼女はこわばった顔で礼を言った。

ロニエのファッションショーは、一応の決着がついたようだ。着替えるたびに彼女の自室から追い出されるのはまいったが、一応出版社には無事行けそうである。

服装に合わせてバレッタを変えるついでに、髪を整え直す。

六度目に招き入れられた部屋の椅子の上に無造作に重ねられた、検討済みの服。

あれを、さっさと片付けてしまいたい。

「ジャック、ねえ、ちゃんと見てる？」

「見てます見てます」

「うそだぁ、ずっと私の服畳んでるし」

嘘ではない。むしろちゃんと見たからこそ、直視できないのだ。

見るに耐えないという意味ではない。

ただ、ロニエに頼まれて試着を見ていて気づいてしまったのだ。

一回目のロニエも、二回目のロニエも、三回目のロニエも、六回全部のロニエもジャック好みの雰囲気で可愛かった。

この間購入した服は、ロニエに似合うものという視点ではなく、ジャックの好みという視点でロニエに似合う服を無意識に選出していたらしい――。

結果として今、目の前ではジャックの好きな色の上着を着て、ジャックの好きな形の服を着てジャックの好きな形の靴を履いた女性が、何度もジャックに承認を要求してくることになった。

日々絶え間なく栄養も与え少しは肉もついたし、肌艶もよくなった。アプリコットの髪の毛だって、不器用なロニエに代わって毎日梳《くしけず》っている。艶やかな髪は柔らかく、何度でも触りたくなるほどの仕上がりだ。

女を褒めることなど呼吸と同じようにやっていたはずなのに、ロニエを褒めようとすると、どうしてかひどく緊張する。

もっとも、それを悟られるようなヘマはしていないが。

「……忘れ物はありませんか」

「ないと思う。ハンカチでしょ、筆記用具、今まで翻訳した本の原稿一部……書き損じなんか持っていって、どうするの？」

「ロニエさんは、自分の書き上げた本を持っていませんからね。それを今までの経歴の証《あかし》としてしまいます」

「書き損じを見られるの、嫌だなぁ……」

ジャックはロニエに気づかれぬように、口端を小さく歪ませた。

――お前が献本すら、まともにもらえてないからの苦肉の策だよ。

家令の調べた情報には、この街の出版社のことだけでなく、標準的な翻訳家の様子も書いてあった。

本来なら、翻訳家は自分の成果物を出版社から最低一冊は進呈されるらしい。

しかしロニエは、そんなものをもらったことがないという。

聞けば、自分の筆名すら知らないらしい。

これでは、自分のした仕事を人に説明することすらできない。

あのグルナールとかいう男、見事なまでに外界とロニエを完全に遮断している。

世間知らずの小娘に、よくぞここまで好き放題したものだ。

今のロニエは、そのグルナールがいないと最低限の生存すら難しい状態だ。

罪もない小娘にする仕打ちとしては、あまりにも非道だった。

自分の利益だけを徹底的に追求した姿勢、頭が下がる。何も知らないロニエから吸い取った金は、さぞかし美味《うま》かっただろう。しかし技術を持っているのは彼女当人でしかない以上、それを出版社に示せばグルナールとやらを仲介に挟む必要はないはずだ。

これがうまくいけば、今後はロニエがグルナールに搾取されることはなくなる。

ジャックはなんの心配もしていないのだが、ロニエは不安で仕方がないらしい。

「ちゃんといつも通り、可愛いですから」

いい加減面倒になって、適当に相槌を打つ。

不意打ちをくらったらしいロニエが、さっと顔を赤らめた。

「……………そう」

——やめろ、照れるな。

なぜかジャックまで恥ずかしくなってくる。

そろそろ、いい時間だ。とにかく荷物は問題なかったので出発を促すと、ロニエもようやく腹を決めたようで、小さな手提げ鞄の中身を確認してから肩にかけた。

二人で家を出て、出版社への道を歩き出す。

「ねえジャック、手を繋いでいっていい？」

「俺の愛人だと思われますが」

「えっやだ」

おそるおそるといった様子で差し出されてきていた手が、さっと引っ込められる。

——なぜだろうか、これはこれでムカつく。

深く追及するとろくなことにならなそうだったので、その感情はひとまず無視することにした。

道すがら通行人の熱視線を受けながら、ジャックは分厚いメガネでもすればよかったと後悔する。己の美貌を隠すのにメガネだけでは足りないだろうが、それでも少しはマシになったはずだ。

今日の主役はロニエなのに、道を歩けばジャックにばかり注目が集まる。

自分の容姿を考えれば当然の状況ではあるものの、今はよくない。

自分が他人にとってどれだけ魅力的なのか、不本意ながら自覚がある。自覚せざるを得ない生き方をしてきたからだ。ジャックの姿に目を輝かせる人間が、そこにどんな欲望を抱えているか。俯き目を逸らす人間が、どんな劣等感を抱くのか。

嫌と言うほど知っている。

出版社にたどりつく前に、ロニエが自信を失うことにならなければいいがと、隣の彼女を盗み見た。当の本人は周囲の視線を気にする余裕がないらしく、追い詰められた顔で通りの向こうを凝視しながら歩いている。

杞憂《きゆう》だったと喜ぶべきか、その緊迫感に不安を抱くべきか。

どちらにせよ、あとはロニエがベストを尽くすしかない。

もうすぐで、目当ての出版社だ。

「……やっぱり手、繋いであげましょうか」

「いらない！」

手の甲を指先で撫でると、あっさりと振り払われた。

ロニエの耳の端がほんのりと赤くなっているのを見て、ジャックは満更でもない気分になった。鈍《にぶ》いロニエでも、ジャックの色香はわかるらしい。

ロニエの意識が緊張からあっさりと、自分のほうへ向かうのを肌で感じた。

少し怒りながらもジャックに対する動揺を隠しきれない姿は、なかなか可愛らしい。

自分の戦果に満足しているうちに、目的地にたどり着いた。

下調べしておいた通り、さほど大きくない建物だ。

歴史は古いようで、何度も増改築したであろう跡が随所にある。

傍らで、ロニエが小さく唾を飲んだ。社屋からは見えないように、背中を軽く叩く。

「行ってらっしゃい」

「…………行ってきます」

いつもより低く、緊張しきった声。

年季の入った扉を叩く彼女を、少し離れた場所から見守る。

その小さな背が消えるまで、ジャックは無言で立ち尽くしていた。

◇◇◇

「ロニエ・レナール様ですね、お待ちしておりました」

まだ若い、しかし感じのいい青年がロニエを応接室へと通してくれる。

ふわふわのソファに座らされて緊張していると、大して間も置かず中年の男性が入ってきた。四角いメガネが印象的な、温和そうな目元が優しい人だ。

「初めまして、ボンメルです。一応、この会社の経営者をやっています。本日はよろしくお願いします」

ボンメルから威圧感を感じることはなく、ロニエはホッとする。

スーツではなく使い込んだ作業着で、ここは町工場も兼ねているのだと理解した。

ジャックが、編集業務をする人間は少ないのだと言っていたのを思い出す。

編集業務よりも本を印刷する人手のほうがたくさん要るそうだ。

「あの、ロニエ・レナールです。ほっ、本日はよろしくおねがい、します」

声が震えた。もう嫌だ。ロニエは頬が熱くなってくるのを感じながらも、ボンメルに顔を向けてお決まりの文言を発した。

ここに来る前に、そう挨拶するものだとジャックが教えてくれたのだ。ジャック自身も何かの本を読みながら言っていたので、実はあまり知らないのかもしれない。

鏡の前で何度か練習した結果が、散々なものになってしまったので気持ちが挫ける。

しかし、もはや逃亡は不可能だ。無様でも、やるしかない。

「あまり緊張しないでください。うちは今のところ人手は大歓迎ですから、スキルが合えばぜひ前向きにお話しさせていただきたいと思っています」

そんなこと言われても、緊張するものはする。

――だいたい、スキルって何。

ロニエにあるのは、毛が生えた程度の言語能力だけだ。世の中にはもっと様々なことができる人がいるというのに、自分の能力の少なさが恥ずかしい。

ジャックは褒めてくれたけれど、こんなロニエが待遇改善を望むなんてやはり不相応ではないだろうか。

もうごめんなさいと謝って、うちに帰りたい。

最後に、軽く叩かれた背中を思い出す。彼がここまで尽くし、用意してくれた場だ。挑みもせずにおめおめと逃げ帰るのは、さすがに憚《はばか》られた。

何か言おうとして、結局言葉に詰まる。こんな場で何を言えばいいのか見当もつかない。いくつか受け答えを想定していたのに、完全に飛んでしまった。

頭が真っ白になって焦るロニエの前で、ボンメルが口火を切る。

「ロニエさんは、ネアテ語ができるんですよね」

「あっはい、そうです。あの、参考資料を持ってきました……」

話題を振ってくれて、助かった。傍に置いたカバンをごそごそと探り、封筒を出す。

ジャックに持たされた、書き損じの原稿だ。

手渡すと、ボンメルが丁寧に中の書類を取り出した。

外見の綺麗な封筒に反して、すでにへろへろになっている紙の束が出てくる。

「これは……」

何枚かをゆっくりと確認した後、ボンメルは穏やかな顔を少し強張らせた。

自然と、ロニエのほうまで気持ちが強張る。

「私が、今まで翻訳してきたものの一部です」

「これを、すべて、あなたが……」

何か、問題があったのだろうか。

不安な気持ちで見つめるが、読んでいる途中の相手に声はかけられない。

ボンメルの視界に入らないつま先をそわそわと揺らしながら、読み終わるのを待つ。

少しの間ボンメルは何度も紙を検分してから、すっくと立ち上がった。

「翻訳後の原稿だけでは判断しかねるので、この場で一度見せてもらっても？」

「ええと、この場で翻訳するということでしょうか」

「はい。辞書もお渡ししますので」

いいのだろうか。辞書があるなら、誰でもできると思うのだけれど。

楽ならそれに越したことはないので、ありがたく頷いてみせる。

ボンメルは分厚いネアテの本を片手に、応接室に戻ってきた。

渡された本の表紙を確認するが、まだロニエが読んだことのないものだった。

「ではこの本から、お願いできますか。もちろん、全部はやらなくて結構です。頃合いを見てこちらから声をかけるので、それまでやってみてください」

ボンメルはそう言って、もう片方の手で持っていた文具をロニエに渡した。

ロニエは渡されたペンを握り、白紙へと手を沿わす。いつもと違う環境は落ち着かないけれど、人間相手に言葉を尽くすよりはずっと簡単だ。

「わかりました」

本を開いてざっと確認すると、架空の世界を舞台にした青春小説のようだった。

本格的に翻訳に取り掛かる前に一度一冊読み通してからのほうがやりやすいのだが、今回は多少のニュアンス違いは諦めて取り掛かることにする。

さほど難しい単語もなかったので、辞書はほとんど開かずにすんだ。

五ページほどやった頃合いに、ボンメルから声がかかる。

「そこまでで大丈夫です、すごいな。しかしこれは……」

これは、なんだろうか。不明瞭な話し方をしないでほしい。曖昧でよくわからない部分には簡単に不安が入り込み、胃のあたりが苦しくなってくる。

「少し待っていてくださいね」

ロニエが持ってきた書き損じと、今翻訳した原稿を持ってボンメルが部屋から去ってしまう。不安で胸が重くなりつつ、ロニエはそれを静かに見送った。


「ラクスさーん、ちょっと来てもらえる？」

「なんですか、社長」

「あ、大丈夫。何かミスがあって呼んでるわけじゃないから」

若干の警戒心を滲ませて近づいてくる校正のラクスに、ボンメルは安心させるよう笑いかけた。ボンメルは応接室のふたつ隣の事務室で、ロニエに声が聞こえないよう十分気をつけながら話を始める。

「とりあえずこれ、見てくれるかな」

先ほどロニエが持ってきた書き損じ原稿を一枚見せる。

『風の通る木』の翻訳原稿ですね。ずいぶん前の案件ですけど」

「やっぱりそうだよねぇ」

ボンメルの要領を得ない返事にラクスが首を傾げた。

それはそうだろう。いきなり呼びつけてきた上司が、とっくに出版済みの翻訳本の原稿を見せてくる。ラクスからすれば、不可解に違いない。

「じゃあ次、こっち見て」

ボンメルは先ほど短時間でロニエが翻訳した『愛と視線』の原稿を確認してもらう。

ラクスは少しの間無言で読んでから、困った顔をボンメルに向けた。

「……『愛と視線』はまだ依頼に回してないですよね」

「そうだよねぇ……」

すでに出版している翻訳本の書き損じ原稿をロニエが出してきたときには、何らかの詐欺かと思ったのだが、目の前で翻訳してもらった原稿と並べると筆跡は同じに見える。

目の前で翻訳させたのだから、ごまかしもできない。

翻訳をする手つきも淀みなく、その習熟度が見て取れた。

つまり、彼女は――。

「え、グランテールが来ているんですか、今ここに？」

事情を説明するとラクスが驚きを露《あらわ》にした。

何でも屋を通してしか仕事を受けなかったグランテールが、直接来ているのだ。

大声を出したラクスは慌てて周囲を見渡す。この時間は、たいていみんな工場にいる。

自分たちの会話が、余人に聞かれることはないはずだ。

「でも、今うちに来ているのって……え、あの人が……!?」

少女のような年齢の女性と聞き「もっと年食った人かと思ってた」とラクスがこぼす。

ボンメルもそう思っていた。

グランテールは、仕事のやりとりを何でも屋を通さなければ引き受けない偏屈者だ。

有能なエージェントならともかく、あのうさんくさいグルナールを通してくるのだ。

とんでもない変わり者でなければ、そんなことをするわけがない。

なんとなく、頑固で年嵩《としかさ》な人間を想像していたのだ。

「しかし、なんで名乗ってくれなかったんでしょうね」

先日もらった手紙には、グランテールについては何も触れられていなかった。

ただ、自分は翻訳ができるから仕事が欲しいという旨が書かれていただけだった。

だからこそ、己はこうして面接の場を設けたのだ。もし今までの仕事で何か要求があるのなら、先にグランテールを名乗るのが自然な流れではないだろうか。

そういえば、面会を予約してきたときの手紙と今書かれたものでも筆跡が違う。グランテールは、明らかに世慣れていない様子の女性だった。

なんとなく、あの何でも屋の顔が脳裏に浮かぶ。

金のためなら多少汚いことでもやるところが鼻につく、あの男。世間知らずの若者を騙すなど朝飯前だろう。特に証拠があるわけではないが、やりかねない。

「うん……とりあえず、もう少し話を聞いてみようか」

こちらが気まずくなるほど、緊張した状態で来たのだ。本人なりに、何か大切な用事があるのだろう。ボンメルは応接室に戻り、ロニエの正面に座り直した。


しばらく放置されて不安になったロニエは表情を強ばらせていた。血の気が引きつつあるロニエに、ボンメルは微笑みかける。

「お待たせして申し訳ない。原稿をうちの校正に見せたのですが、素晴らしいと褒めていましたよ。いつも文脈に合わせたニュアンスまで丁寧に拾って翻訳されていて、助かっていると」

「……いつも？」

いまさっき翻訳してみせただけなのに、何を言っているのだろうか。

小首を傾げるロニエに、ボンメルは膝の上に置いた拳を握りしめ、意を決したように口を開いた。

「ええ、いつも。お世話になっております、グランテールさん」

「グランテール？」

ロニエと名乗ったはずだが、なぜそんな名で呼ばれるのだろう。

誰かと勘違いされているのか、それとも最初の挨拶でロニエが気づかないだけで致命的な失敗でも仕出かしてしまったのか。

不安でぐるぐるしているロニエに気づかず、ボンメルは言葉を続けた。

「グランテールさんですよね、『風の通る木』を翻訳された」

「…………たぶん？」

これのことですよねと言いながら、ボンメルの言った題名の原題をロニエは言う。

「そうですよ、あなたが翻訳したんでしょう？」

「はい、確かに私がやりました……でも、グランテールって誰のことですか？」

ロニエの質問に、ボンメルは驚いたように目を見開いてみせた。

「……グルナールは、あなたにどう言って仕事を依頼していたんです？」

ここに来て、やっと理解が追いつく。

グルナールはロニエの名義として『グランテール』という翻訳家名を勝手にでっち上げ、今日営業に来た出版社とすでに仕事をしていたらしい。

まさか、自分の仕事が知らない名前で世間に流通させられていたとは。すでに間接的に契約関係にある会社に交渉するのは少し間抜けな気がしなくもないが、仲介してくれていたグルナールのことを、どうやらボンメルはあまり好きではないようだった。

「グランテールさん――いえ、ロニエさんさえよければ、ぜひうちと直接契約をお願いしたいのですが」

「いいんですか!?」

ボンメルの言葉にロニエは驚愕した。

とても嬉しいが、こんなにするすると話が進むなんて思ってもいなかったからだ。

「すぐ契約書を用意するので、お待ちいただいても？」

ロニエが承諾するのを確認してから、ボンメルは急いでまた応接室を出ていく。

さきほどとは違って、ほとんど時間もかけずに戻ってきた。

「こちら契約書です、ご確認ください」

ボンメルが差し出す契約書をロニエは素直に受け取った。

いかに世間知らずのロニエでも、契約書はきちんと内容を確認してからサインをするものだということは知っている。というか、事前にジャックからしつこいほどに言い聞かされていた。細々とした約束事の書かれた契約書に上から順に目を通している途中で、ロニエは動きを止める。

報酬の欄に、見たこともない数字が書かれている。

「あの、この金額のところなんですが……」

少しの沈黙の後にロニエはおずおずと口を開いた。

ロニエは知らないことだが、契約書に書かれている報酬額は、出版社がグルナールに渡していたのと同じ額が記《しる》されている。しかし、この金額は一般的な翻訳家に支払うものよりも何割か少ない。グルナールのような怪しい男を仲介させるのだから、正規の額では発注できないといった結果の報酬額だ。もっとも、原稿を右から左に流すだけのグルナールにとっては、十分すぎる金額だったのだが。

ロニエにとっては、グルナールを通さない分金額は上がっている。それもかなり。

だから、ロニエとしては金額が大きすぎるのではないかという確認のつもりだったのが、ボンメルは相場よりも安くしたことを聞き質されたのだと思い慌てた。

「いやぁ、ははは！　申し訳ございません、報酬額を書き間違えたようです。……はい、今直しましたので！」

ボンメルは機嫌を損ねたかもしれない不安で顔を引きつらせながら、ロニエの手元の紙に急いで金額を書き直した。

これまたロニエは知らないことだが、平均より少し多い額である。

グルナールを通して安く依頼できるものだから、翻訳家グランテールばかりに仕事を頼んでいたせいで、出版社から他の翻訳家たちが徐々に離れ始めている。

ロニエの機嫌を損ねるわけにはいかない。ロニエにまで去られたら、今まで通りの頻度で新刊を出すことができなくなる。同業者は少ないので致命的に困りはしないが、新刊の頻度が下がれば売り上げが下がる。売り上げが下がって、従業員の給料を下げると不満が生まれる。ここまで育てた従業員に去られてしまっては、損失は大きい。であれば、ロニエに少しばかり多めに払って引き止めたほうがいいとボンメルは判断したのだ。

「さ、これで問題はないですよね？」

ボンメルが誤魔化すように笑顔で押せば、ロニエは不安げな顔のまま頷いた。

引きこもりで口下手のロニエが交渉をほとんどせず報酬額が増えたのは、彼女にとって僥倖《ぎょうこう》であったと言える。

「では契約成立だ。これからもよろしくお願いします、ロニエさん」

「はい、よろしくお願いします」

契約の内容を検めたロニエは署名欄に自分の名前を書く。

ロニエの機嫌を損ねずに済みご破算にならなかったことに、ボンメルは内心でホッとしていた。貴重な翻訳家を失わずにすんだことに安堵するボンメルは知らなかった。

ロニエには最初の額でさえも、多額すぎて何かの間違いだと思っていたことを。

二人が多少打ち解けて話せるようになる数年後まで、このすれ違いが明るみに出ることはなかった。


ロニエはよろよろと、社屋から退出する。正直、こんなにトントン拍子で話が進むと思っていなかった。結果が上々だったのは喜ばしいが、疲労感がすさまじい。

社長のボンメルと、なぜか挨拶に来た校正のラクスに見送られ、通りへと出た。

「それでは、気をつけてお帰りください」

「ええ、ありがとうございます」

出版社の人の姿が見えなくなった瞬間、ロニエはさっそくジャックの姿を探す。

幸運にも得た結果を早くジャックに伝えたい。頑張ったことを認めてもらいたい。

ジャックは「その辺でお茶して待っている」と言っていたが、その辺ってどこだ。

ふらふらと幽鬼のように歩いて探す。少し進むと、やけに若い女の多い区間が目に入った。彼女らが一様に向けている視線の先には、カフェのガラス窓がある。

ロニエはそこにジャックがいることを半ば確信する。

女性たちが熱視線を向けるカフェを覗き込むと、予想通りそこにジャックがいた。

熱視線を叩き落とすかのように、暇をつぶすために持ってきた本を一心に読んでいる。長い睫毛が伏せられて、成人男性であるのに人形のようにも見えた。

窓を軽く叩くと紫の目がぱっとロニエを見る。それから慌てた様子で店を出てきた。

「どうしたんです、顔色がひどい！」

「開口一番にそれ？」

ひどいとはひどい。

しかし往来に飛び出してきてロニエの肩を掴むジャックに、緊張の糸が解けて寄りかかってしまう。ジャックは文句も言わず、ロニエのするままにした。

服の布を隔てて感じる胸板が、温かい。周囲の人々が少しざわついたが、それを気にする余裕は今存在しない。

安心できる熱に包まれて、ロニエはようやく人心地ついた。

「その、交渉はどうなりました」

あれだけ自信を持ってロニエに営業するように勧めていたくせに、ジャックはどこか不安げな声で問いかけてくる。

「今までの、五倍の報酬くれるって」

五倍もあれば、生活はかなり豊かになるし借金だって早々に返せる。

信じがたい展開に、血の気が失せるのも自然なこと。

「五倍……」

頭上で、ジャックがぽつりとこぼす。

少ししてから、脇の下をがっと持たれた。

視界が一気に高くなって、見下ろすと今までにない笑顔のジャックと目が合う。

紫水晶の目に、陽の光が入ってきらきらしていた。

「おめでとうございます！」

まるで自分にこそ祝い事があったかのような、高らかな声だった。

「わっ、あ、回さないで」

ロニエの抗議も虚しく、細身の身体からは想像もつかないほどの速度でジャックはぐるぐる回る。本当に嬉しそうな顔でロニエを見るものだから、強く文句も言い難い。

せっかく整えていた髪が、回された勢いで乱れるのを感じた。

やるべきことはすんだのだから、もうどうだっていいのだけれど。

「も、やめてってば、ふふ……」

それに、ジャックの表情を見たらロニエも嬉しくなってしまう。

こんなに喜んでくれるとは思わなかった。

ジャックのせいで周囲の注目を浴びてしまっているを視界の端で感じるが、手放しで喜んでくれるのだから甘んじよう。

二人してしばらく笑いながら回った後、ジャックの腕に限界が来たのかそっと降ろされた。回された余韻でよろけると、腕をさっと摑まれる。

ふわふわする足元を感じながら、ありがたくその手に縋った。

「お祝いに、ちょっと良いシャンパンを買ってあります。飲めますか」

「どうかなあ、飲んだことないから」

両親が生きているときは未成年だったし、成人してからは酒を飲むような余裕はなかった。だから、お酒を飲んだことはまだない。

「じゃあ今日は、一度試してみましょうか」

「うん」

あまり興味はわかないが、祝い事に飲む酒であることは知っている。

だから、ジャックがそれを用意してくれていることが嬉しい。

ロニエがうまくやると信じて、祝いの準備をしてくれていたのだろう。

ジャックはロニエに勝算があると見込んでいた。

全力で後押ししてくれる彼がいなければ、きっと今日の成果はなかった。

二人で帰り道をご機嫌で歩きながら、出版社で起きたことをぽつぽつと話した。

順序も語彙《ごい》もめちゃくちゃだったけれど、ジャックは特に気にするふうもなく聞いてくれる。家にたどり着いて手を放したときに、そういえば手を繋いでいたなと思い出した。

最初の頃を考えれば、ずいぶんと気安くなったものだ。

「料理をするので、上で休んでいてください。疲れたでしょう？」

「え、手伝うよ？」

「休んでください」

半ば強引にキッチンから追い出されて、しぶしぶ二階へと向かう。

今日の服は少し窮屈で、自室に入るとすぐに部屋着に着替えた。

疲れた身体をベッドに横たえて、ぼんやりと天井を見る。

大変な一日だった。しかしそれ以上に、実りが多い日だった。

こんな自分にも力があったのだと、知れたのが何より嬉しい。それをロニエに示してくれたのは、ジャックだ。彼がいなければ、こんな奇跡はなかった。

ジャックに恩を売ってくれていた、両親にも感謝しなければ――。

日々ロニエの世話をしながら、自分は少しも得をしないのに翻訳の仕事について調べ、あまつさえ出版社と交渉できるようにセッティングまでしてくれた。

普通に考えて、信じがたいほどの親身さだ。ロニエの親に対する恩返しだと言っていたが、これほどに手をかけられる恩とはなんだろうか。

金貸しの両親が、そこまで人に感謝されるイメージはうまくわかなかった。

いったいどんな出来事があったのか。一度気になり始めれば、それは猛烈な好奇心になる。何があったにせよ、もう過分なほどに恩返しを受けている。

そこまでする価値が、ロニエやその両親に本当にあったのだろうか。

いくら考えてもわからない。

そもそも自分が、ジャックから詳しい話を聞いていないことにいまさら気づく。

出会った頃は、なし崩しで家に入り込んでくるジャックを警戒するのに忙しくて、それどころではなかった。

しばらくして彼の存在に馴染み始めた頃には、仕事のことばかりに気を取られていた。

自分のことでいっぱいいっぱいだったが、今日やっと心の余裕ができた。

そしてできた隙間に、ジャックへの気持ちが満ちて膨《ふく》れる。

最初に疑っていたのが申し訳ないくらい、ジャックは善良な人だった。時々こちらをからかってきたりはするものの、最近はそうされるのもあまり嫌じゃない。

早く出て行ってほしいと思っていた頃が嘘のように、今は彼を頼りにしてしまっている。

けれど、ジャックはいつかいなくなる人だ――そのときのことを想像すると、胸がざわついた。

ふいに、階下から食欲をそそる香りが漂ってくる。ロニエを呼ぶ声が聞こえたので、いそいそと降りて行く。一階へ降りるとリビングのテーブルには今まで見たことがないような量の皿が置かれていた。

椅子は向かい合わせに二脚あり、テーブルにはカトラリーが二人分並べられている。

今日は珍しく、ジャックも一緒に夕食をとるつもりなのだろう。

それが嬉しくて、表情が緩む。

ジャックとの生活に慣れてくると、途中からは給仕をするだけでなぜロニエと一緒に食事をしないのかが気になった。理由を聞いてみたけれど「作りながら食べているから」と微笑まれてしまえば、「一緒に食事をしたい」とも言い辛い。

だからこそ、今の状況が嬉しい。

準備を終えたジャックも、ロニエに笑顔を見せた。

「はは、そんなに喜んでもらえるなら作った甲斐があった」

料理はロニエの好物ばかりで、ジャックはそれを喜んだと思ったらしい。

好物ばかりのテーブルから目を離せないまま、ロニエはいそいそと席に着いた。

「たくさんあるのね、食べきれないかも」

「俺は意外と食うんですよ、大丈夫」

和やかな雰囲気で食事が始まり、ジャックがやたらと装飾のされた瓶を取り出す。

ブランドを示す焼印がラベルに付けられているが、ロニエにはそれが何を指すのかは不明だ。母が気に入っていたワインとは、雰囲気が違う。

ただ、手の込んだデザインからそれなりに値が張るのだろうと想像がついた。

自分の稼ぎが今よりマシになって、お金を貯められるようになったら、いつかジャックにもこんなふうにプレゼントがしたい。

ジャックが驚いたり喜んだりしてくれたら、どんなに嬉しいことだろう。

「開けますよ」

ジャックが瓶のコルクを抜く。ポンと派手な音がして、開いた口から軽く泡がこぼれた。

なんとなく持っていたイメージよりもかなり劇的で、思わず肩を跳ねさせてしまう。

突然目の前で爆発音のようなものが響けば、驚かないはずがない。

「はは、びっくりすると思った」

いたずらが成功したような顔のジャックは、機嫌よくロニエの目の前の細いグラスにそれを注いだ。八割ほどに液体を満たした後、自分のグラスにも同じ量を入れる。

細かな泡が、金色の液体の中で弾けるのが見えた。

耳をすませば、ぱちぱちと音がする。

促されて、グラスをそっと持ち上げた。

見覚えのない食器だ、これも祝い用にとジャックが買ってきたのだろう。

「ロニエのこれからに」

グラスを合わせると、キンと澄んだ音が鳴る。二人で同時にグラスに口をつけた。

炭酸が口内で弾けて初めての味が喉を通り抜けていく。

甘いのにそれだけではない、複雑な味だ。

「どうですか？」

「よくわからない」

慣れない味に違和感はあるものの、不味いとも美味しいとも思わない。

強いていえば、今まで飲んできた飲み物とはかなり雰囲気が違う。

これが好きかどうかは、まだ判じかねた。

「そのうち、わかってきますよ」

世の中には、アルコールによってもたらされる酩酊感《めいていかん》の中毒になってしまう人もいるらしい。身を持ち崩してでも離れられない快感なのだと様々な書物で学んだので、実際にどんな感覚がするのか知りたかったのだが。

残念と言うべきか、幸いと言うべきか、まだ酩酊する気配はない。

「お酒だけでなく、食べ物も胃に入れてくださいね。そうやって楽しむものですから」

ジャックの指導に従って、手前に置かれていたパンをちぎって紫貽貝《ムールがい》のアヒージョにつけて食べる。海を見たことはまだないが、この味は大好きだ。

こってりと濃厚で、独特の塩っぽさがある。紫貽貝はアヒージョで食べるのが一番好きだ。スープに入っていたとき、ジャックにそんな話をした。

覚えてくれていたのかと思うと、嬉しい。

一切れぶん胃袋へ収めた後、またシャンパンを一口飲む。

口当たりが良くて喉越しも美味しいので、するすると飲めてしまう。

――これは、私、わりとお酒に強いのでは。

そう思ったのを見透かしたかのように、正面から声がかかる。

「水もちゃんと飲んで」

「まだ酔ってないけど」

「飲み慣れないうちは、慎重なくらいでいい」

ジャックはどうやら、飲酒初経験のロニエをしっかり見張ることに決めたらしい。

ロニエが水を飲んでいる間に、空になったグラスに再びシャンパンが注がれる。

言われた通り、先に鶏肉のフリッターを食べてから、飲んだ。

「相変わらず、料理上手だね」

「人並みだけどね。でも、そう言ってもらえると嬉しいよ」

「社交辞令じゃないんだけど」

「ああ、ロニエはそういうタイプじゃない。わかってる」

ずいぶんと、いろんな人間を見てきたような口ぶりだと思う。

実際、その通りなのだろう。彼の人当たりの良さからは、かなりの慣れを感じる。

きっとジャックなら、ロニエみたいに気持ちを伝えるときに、いちいち緊張したりもしないんだろう。お酒を飲むと、人は大胆になるらしい。だったら、今のロニエはそれなりに大胆になっているはずだ。

ロニエは緊張を小さなバケットと一緒に飲み込んで、口を開く。

「あのね、ジャック。今まで、本当にありがとう」

「なんですか、改まって」

「急にじゃないよ、ずっと言おうと思ってた。両親がどんなことをしたにしたって、私にとってはジャックのやってくれたことこそが途方もない恩だと思う。ねえ、ジャック。ここまでしてくれるなんて、母様と父様はいったいあなたに何をしたの？」

ずっと、疑問を抱いてはいた。

裕福な者にとって、手間をかけるのは金をかけるよりも遥かに面倒だ。

借金漬けの女一人に恩返し……真っ先に思いつくのは金だろう。

いくらかまとまった額を渡してしまえば、それだけで十二分だ。

だけどジャックは、そうしなかった。

わざわざロニエの家に無理やり入り込んで、ロニエ自身に稼ぐあてをつけさせた。

どう考えても、金を出すよりも時間的にも手間的にもかかっている。

彼には彼の生活があるだろうに、何不自由のない暮らしを一時的にでも捨てて、家政夫に身をやつすだなんて――いったいどんな出来事が、彼にそうさせたのか。

細いグラスを傾け、ジャックがシャンパンを一口飲む。

それから、微かに眉を寄せて苦笑した。

「――今日は、ロニエが主役の日だ。俺の話はまた今度にしよう」

残りの少なくなったグラスに、シャンパンが継ぎ足される。

どうしてかジャックに見えない一線を引かれた気になって、ロニエの気分はささくれた。

ジャックは自分のペースで食事を続けながらも、ロニエから目を離さない。

ロニエがグラスに手をかけるたびに、ジャックの動きが少しだけ鈍る。おそらく、飲み過ぎないようにと見張っているのだ。その過保護さに、ささくれた気持ちも手伝ってつい悪戯心が湧いた。ジャックが見ている前で、グラスを一気にあおる。

「ちょっ……」

「大丈夫よ、さっきから少しも酔ってないもの」

「そのわりには、顔が赤いが」

そういえば、少しくらい頬が熱いかもしれない。けれど、酔っぱらいというのは、もっと呂律《ろれつ》が回らなくて思考力も鈍麻《どんま》するはずだ。

ロニエの思考は今明瞭である、言葉も乱れていない。ゆえに酔っていないのだ。

「ジャックと一緒に食事するのは初めてだから、緊張してるのかも」

「緊張……」

ジャックが、妙な顔をする。

驚いたような、無防備なような。

どうしてか胸が弾む。ジャックのことをロニエがどんなふうに思っているのか、伝えるなら今だと思った。きっともっと驚くに違いない。

「だって、ジャックは顔がいいし、髪は不思議な色でいつまでも見ていたいくらいだし、紫の目は宝石みたい。それにこんなに面倒見がよくて優しくて、最近は見ているとなんだかドキドキするの……あぁ、やっぱりそれで熱いんだ」

「…………っいや、酒、の、せいだろ」

ジャックはロニエの言葉を信じる気がないらしい。

そのくせ狼狽《うろた》えたのか、持っていたグラスの中身を一気に飲んでしまった。

ずるい。私がそんなふうに飲もうとすると止めるくせに。

ジャックの前にあった瓶を奪い、自分のグラスになみなみと注いだ。

「あ、こら」

ジャックの声は完全に無視し、ロニエは酒を一気に飲む。さすがに今度は少し無理があったらしく、最後の一滴を飲み干したあたりで平衡感覚がおかしくなるのを感じる。

ここにきて、ああこれが、と理解した。

「さっきから、ずっと酔ってる。ほら、水飲んで」

ジャックに冷たいコップを渡されたので、勧められるままに飲んだ。何も味がないはずのそれが、妙に美味しい。いつもは牛乳やお茶のほうが美味しいと思うのに。

ついでに、火照《ほて》る頬へコップを押し当てる。

熱くなりすぎた肌が、ほんの少し冷えていくようだ。

「だからゆっくり飲めと言ったのに……」

ジャックのお小言が聞こえるが、今はそれどころではない。

噂に聞いた吐き気などの症状はないが、全身が重い。今までにない状態異常に見舞われているが、ロニエにそれほどの焦りはなかった。もしかすると、感じるべき脅威をアルコールがごまかしてしまったのかもしれないが。

いや、これは――。

「……酔った」

「眠い……」

ジャックが、小さくため息をついた。

それから、静かにカトラリーを置く。皿の上には、まだいくらか料理が残っている。

もったいない気がするけれど、きっと明日残り物で作られた朝ごはんも美味しいんだろうと、ロニエは思った。

「歯だけは磨いてから寝ましょうね」

まるで幼子に言い聞かすような口調で言われたって、今のロニエには響かない。

このまま目を瞑ってしまえば、十数えないうちに眠れる自信があるのだ。

二階にある、ふかふかとは言い難いが馴染んだベッドがとても恋しい。

今あそこに身を任せれば、どんなに気持ちがいいだろう。

「いい、もう寝る」

ロニエはふらふらと立ち上がり、ベッドで寝るべく歩き出そうとする。

しかしそれは、あっさりと阻止されてしまった。

腕を後ろに引っ張られて、ロニエの華奢《きゃしゃ》な身体が傾ぐ。

抵抗できず倒れ込むと、後頭部が温かい平面に当たった。

見上げると、ジャックの整った顔がロニエを覗き込んでいる。

後頭部に感じるのは、彼の大胸筋であるらしい。

彼の白い髪が揺れて、室内灯の光がきらきら光っていた。

「歯は磨け」

「えぇー」

「風呂は見逃してやるから、最低限のことはしろ」

そんなこと言われたって、眠いものは眠い。ロニエは無視して部屋に戻ろうと試みたが、さすがに体格差のせいでうまくはいかなかった。

「ほら、こっち」

背後で、呆れたような声音。両肩に大きな手が乗って、ぐるりと反対を向かされる。

ささやかな抵抗は、完全に無視されてしまったようだ。

ロニエの肩をしっかりと持った手に押される先は、もちろん洗面台である。

「やだぁ～」

「たいした手間でもないのに、なんでそこまで抵抗するんだ……」

背後から、ジャックの当惑した声が聞こえる。

彼は、何もわかってやしない。

ここまで来たら、手間の問題ではない。一直線にベッドへ入って眠る、それだけがロニエを幸せにするのだ。そう思ったからには、歯を磨いている暇なんてないのである。

「歯磨き一日しなくたって、死なないし……」

「一日サボる奴は三日でも一週間でもサボるんだ。ほら行くぞ」

床に足を踏ん張って抵抗を試みたが、今度は脇の下から抱えられて強制的に洗面所へと連れて行かれてしまう。細身の優男であるくせに、どうしてこんなに腕力があるのか。

洗面台の前に無理やり立たされて、うがい用のコップを口につけられる。

しかしこうなってくると、ロニエも意地だ。唇を引き結んで、流れ込もうとする水を拒否してやった。閉じた唇にせき止められて、コップの中身は一向に減ることもない。

「この……」

背後から、低い声が聞こえる。

ジャックはどうせ怒らないだろうとタカをくくっていたが、彼も怒鳴ったりすることがあるのだろうか？　ロニエの酔っ払った頭では、その程度のことしか考えつかない。

見たことがないジャックが、見られるかもしれない。

そんな期待に、酔っぱらったロニエの胸が高鳴る。

わくわくと彼のことを見上げると、ロニエを睨んだままジャックがコップの水を口に含んだ。そして腕の中に酔っ払いを抱えたまま、洗面台にそれを吐き出す。

どうしたんだろう、自分が歯を磨きたくなったんだろうか。だとしたら、ロニエのことは早々に解放してほしい。そんなロニエの思いは、一向にジャックには届かない。

二度ほどそうして、三度目に水を口に含んだ後、ジャックはいきなりロニエの小さな唇に、口付けてきた。

「んんー!?」

予想外の展開に暴れるが、ジャックは器用にもロニエのことをしっかり固定し離さない。

意外と筋肉のある腕でロニエの胴を抱え、指の長い手で顎をしっかりと掴む。

ロニエは叫ぼうと試みたが、声帯を震わせようにもその出口をふさがれている。

それから、少し体温の移ったぬるい水が彼女の口内を満たした。

「飲むなよ」

唇を離したジャックが、一言こぼす。

いったい誰が、口移しされた水を飲もうと思うのか。

広い手のひらがロニエの唇を覆ってしまったので、即座に吐き出すこともできない。

違和感と怒りがないまぜになって、混乱する。

手を放された瞬間、洗面台に水を吐き出す。

「オエッ……」

「あと二回な」

二度としないでほしい。

そう言おうとしたのに、顔を上げた瞬間にまた唇を強奪された。

流れ込んでくる液体に抗《あらが》おうとするが、うまくいかない。

いきなり頬を揉まれ、また洗面台に水を吐かされた。

「も、自分でや……んんー！」

話している最中に、三度目の狼藉《ろうぜき》を働かれる。

ジャックは自分が宣言した通りの回数きっちりと口をすすがせて、やっとロニエの顎を解放した。満足げな男とは裏腹に、ロニエのほうは消耗しきっている。

ぐったりと全身から力を抜いて最後の抵抗をしてみたが、ジャックは相変わらず器用にロニエを片腕で支えてみせた。

歯磨きを嫌がっただけで、どうしてこんな過酷な目に遭わなければいけないのか。

手順通りなら、次は歯のブラッシングだ。

抵抗すれば、どんな目に遭わされるかわからない。

駄々をこねて逃げようという考えは、すでにロニエの中から霧散していた。

斯《か》くなる上は、自分で先に歯を磨いてしまうべきだろう。

絶対に、そのほうがマシだ。

いつもの場所にかけてあった歯ブラシを手に取ろうとして、気づく。

歯ブラシがない。

まさかと思って背後を見ると、ロニエよりも先に彼女の歯ブラシを握った悪漢《あっかん》と目が合った。獲物の気持ちが折れ始めたのを見るのが嬉しいのか、紫の目が意地悪げに細まる。

「ほら、こっちに身体ごと向けて」

いやだ。何をされるのか、もう言われなくてもわかっていた。

「自分でできる、それちょうだい」

「半端にすると気持ち悪いじゃないですか、俺が。これが終わったら、寝てもいいから頑張って」

ジャックの気持ち悪さなんて、知ったことではない。

ロニエは心の中でそう吠《ほ》えたが、もちろん届くことはなかった。ジャックもロニエの気持ちなど知ったことではないらしく、強引に身体の向きを反転させられる。

濡らされたブラシが、ロニエの口に無遠慮に突っ込まれた。

異物感に顔をしかめるが、正面に立つジャックは特に気にした様子はない。

口内を一心に見つめられるのは、ロニエにとって非常に居心地が悪い経験だった。

妙に手慣れているジャックによって、奥の歯から順番に歯が磨かれていく。

「らんれふぉんふぁふぃんふぁいお……」

「はは、何を言ってるのかさっぱりだ。ほら、もっと口を開けて。中をちゃんと見せて」

ジャックが勝手に口に異物を突っ込んでいるから、言葉が不明瞭になってしまうのだが。

本人もそれは百も承知だろうに、ロニエの言葉を確かめようとする気配はない。

清々しいほどの笑顔で、目の前の獲物を見つめている。

こんな間近で彼の顔を見る機会は滅多にないので、ロニエもジャックを凝視することにした。相変わらず、ちょっと信じられないくらい顔がいい。

光の当たり方で色の変わる白い髪、長い睫毛が影を落とす、神秘的な紫の瞳。

女性よりもしっかりした顎や喉仏《のどぼとけ》を見れば男だと判別もつくが、少年だった頃はかなり中性的な見た目をしていたのではないかと思う。

まるで天の国にいるという、神の遣いだ。

彼の周囲の人間は、皆虜になったのではないだろうか。

「そんなに見ないでください」

「ふぉんふぁふぉふぉいふぁふぇへほ」

「何を言ってるのかさっぱりだ」

口に歯ブラシを突っ込まれているからね。どうせ届かないので、内心でだけロニエは答えた。一通りの歯を磨いてから、歯ブラシが口から引き抜かれる。

やっと顔面が解放され、ロニエは本能が命じるままジャックの胸元で身体を反転させる。

再びおかしなことをされる前に、急いで口をすすいでしまう。

なんだか、異様に疲れた。人に歯を磨かれると、疲れる。どこで活かしていいか見当もつかない知識を手に入れたロニエは、ぐったりと水を吐いた。

「口、さっぱりしたでしょう」

「気分のほうがすごくくたびれた……」

当てつけを言っても、ジャックが堪えた気配はない。

けろりとした顔で、濡れた手を洗っている。

こんなに辛い目に遭ったというのに、なんだその悪びれなさは。

ロニエが不服を込めた視線を送ると、ジャックも視線を返す。

「おや、どうしました?」

どうもこうも、むかつくの一言を口にする勢いがどうしても出ない。

ロニエが感情のまま彼を睨《ね》め上げると、ジャックは慈母のように笑った。

どう考えても、遊ばれている。いつの段階からかはわからないが、ジャックはロニエをからかうことで酔っぱらいを世話する鬱憤《うっぷん》を晴らしたのだ。

多少の意趣返しくらいしないと、気持ちよく眠りにつけない。

「あんなに一気に酒を飲むから、眠くなるんですよ。抱いて連れて行ってあげましょ……うわっ!?」

からかうように腕を広げたジャックの胸に、ロニエは思い切り飛び込んでやった。

間抜けな悲鳴を聞いて、口の端がつり上がる。ジャックは驚いて恥じらうロニエをからかうつもりだったに違いない。ざまあみろ、とはこんなときに言う言葉なのだろう。

「抱いてくれるんでしょ、はやく」

「おま、言葉に気をつけろよ！」

ジャックの声が裏返る。まるで、下町の青年のような言葉遣いだ。

威勢のいい物言いにも、怯むことはなかった。なぜならば、ジャックの動揺が手に取るようにわかったからだ。そこまで驚かれるとは思っていなかったが、爽快である。

「十歳の女の子じゃないんだから、簡単に持ち上げられるわけないじゃない」

ジャックの胸元でくすくす笑うと、頭上で唸る声がする。

見上げると、ジャックの顎しか見えなかった。意味はわからないが、天を仰いでいる。

ジャックの視線の先には、穴が空いていないだけマシな木目が存在するだけだ。

「何を見てるの？」

「天井」

「面白い？」

「ぜんぜん」

――じゃあ、こっちを見ればいいのに。

話している間も、ジャックが顔をこちらに向ける気配はない。頬を寄せたジャックの胸から、とくとくと心臓が動く気配がする。自分以外の心臓の音なんて、めったに聞けるものじゃない。それに、密着しているとなぜか落ち着く。

「ジャックは、いい匂いがするね」

香水とはまた違う、安心する匂いがするのだ。最初は料理をしていたからその香りが移ったのかと思ったのだけれど、お腹が空《す》く匂いではないので食べ物ではなさそうだ。

「…………ロニエさんは、俺が好きなんですか」

ジャックが妙に平坦な声で問うてくる。天井を眺めていたはずのジャックが、いつのまにかその両目にロニエを映していた。

いつもとは違う余裕のない表情を見ると、どうしてか胸の内がふわふわとした。

「そうだよ、ジャックは？」

聞くまでもないことを尋ねられて、首を傾げる。

ロニエがジャックのことが好きかだなんて、いまさらすぎだ。こんなに優しくて親切でロニエとずっと一緒にいてくれる彼を、好きにならないはずがない。

ロニエの言葉にジャックは眉を寄せた。

痛みを我慢しているような、そんな顔だ。

「あなたが素面《しらふ》になったら、言います」

「もう酔いは覚めたけど」

「まだ酔っていますよ、ほら。頬が熱い」

「ジャックが冷たい」

そう言いながら、ジャックの温度の低い手に頬をすり寄せた。酒のせいで火照った身体に、ジャックの体温が心地いい。彼の喉仏が、上下するのが見える。

気まずいはずの沈黙が嫌じゃないのは、やはり酔っているからかもしれない。

何か言いたくて考えているうちに、さっきまでどこかに行っていた睡魔がゆるゆると戻ってきた。

密着したジャックの温かさが、それに拍車をかける。

「満足しましたか、そろそろ部屋に……ロニエさん？　おい、ちょっと」

ジャックがさんざん主張していたように、ロニエは酔っていたのだろう。

懸命に呼びかけるジャックを無視し、ロニエは重くなっていく瞼《まぶた》に抗うこともせず目を瞑り、全身の力を抜いた。

最後に感じたのは自分を支える腕の力強さで、どうしてかそれがとても嬉しかった。

◇◇◇

――どこまで俺を振り回す気だ、この小娘。

口には出せない悪態を、心の中で思い切り吐いた。

ジャックの腕の中には、いとけない顔でロニエが眠っている。

だらしなく開いた口から涎《よだれ》が垂れジャックの膝を汚しているが、それですら愛らしいと思ってしまうのだからいよいよ末期だ。

もちろん、ジャックの頭の話である。

人並みの生活を与えたら、手ずからそれを奪ってやるつもりだったのに。

ジャックを超える過酷な目に遭わせ、絶望の淵に叩き落とそうと決めていた。

しかし今のジャックには、どれだけ考えてもその方法が思いつかなかった。

だらしなくて行動力がなくてお人好しなこの女に、いったいどんな加害を行えるというのか。こんな邪気のない女を、不幸にすることなどできそうにない。

復讐心を奮い立たせるために自分の生い立ちを何度思い起こしても、ロニエのことを考えると凝りきった憎悪は霧散してしまうのだ。

だいたい、ロニエに罪はないじゃないか。

最初にあえて無視していた事柄が、急に意識の最前面に出てくる。

まさか、自分にこんなことが起こるなんて。おそらくは恋愛経験もなく、なんの手練手管《てれんてくだ》があるわけでもないこの女に、骨抜きにされるとは。

――ああ、認めよう。俺はもうロニエを裏切ることができない。

健やかな寝息を立てるロニエを見下ろす。

「こんなところで寝ると、風邪を引きますよ」

細い肩を揺すってみても、起きる気配はない。

目を閉じたまま、鬱陶《うっとう》しそうに身じろぎされてしまった。

本当なら、ほろ酔い程度で止めてやるつもりだったのだが。人生で初の飲酒だというので、ついでに加減を覚えてもらおうと思っていたのに。

なんでそんなところばかり、向こう見ずなのか。

さて、この酔っ払いを洗面所ではなくベッドで寝かせてやらなければ。

帰って早々に部屋着になっていたおかげで、寝苦しい格好でないのが唯一の救いか。

こうなってしまっては、風呂に入れることもかなわない。明日の朝のことを思えば、ちゃんとルーチンはこなしておいたほうが本人のためにいいのだが。

仕方ないかと諦めて、最近豊かになった彼女の身体をぐっと持ち上げる。

酔った身体はほかほかと温かく、おまけに柔らかい。

このボロ家に来た頃なら、そんなことを意識するなんてありえなかっただろうに。

今となっては、布越しの感触ですら平常心が失われる。意識を失った女性に手を出すような下衆《げす》ではないが、いくら自制しても心臓の拍動はコントロールできない。

ロニエが起きていれば、その音の大きさに気づいてしまったのではないか。

我が身のままならなさを嘆きながら、ロニエが起きてしまわないよう静かに階段を上がる。寝室のベッドにそっと横たえると、柔らかい寝床が嬉しかったのかロニエが、にまにまと笑った。ともすれば、だらしないと形容できそうなそれが、たまらなく可愛い。

もしかすると、何か夢を見ているのかもしれない。

今日は本人なりにかなり頑張ったのだ。夢の中では楽しく過ごせていればいいと思う。

冷えないように上掛けで彼女を覆い、少しの間その寝顔を見つめた。

出会った頃とは違う、健康的な顔色。

アプリコットの髪は艶やかで、すれ違うときにはほんのりといい香りがする。

こんなに睫毛が長いなんて知らなかった。

驚くほど世間知らずだが、並みの人間では相手にならないほどの教養を蓄えている。

今はまだおっかなびっくりだろうが、世間に慣れていけばきっと本人の力だけで生きていくことができるだろう。

色々と心配は尽きないが、ひとまずは良いほうに進んでいる。

――許されるなら、彼女を支える立場になりたい。これからも、ずっと。

この気持ちがいつ生まれたものか、はっきりとはわからない。

ただ、一緒に暮らしているうちに、自分の幸せはこれだと確信してしまったのだ。

彼女と、ずっと一緒にいたい。

一度認めてしまえば、どこまでも単純な欲望だった。

ロニエは、ジャックの気持ちを受け入れてくれるだろうか。

そこまで考えてから、静かに頭《かぶり》を振った。

どうやら自分も、酒を飲みすぎたらしい。

復讐目当てで近づいた相手に、どんな顔で交渉すれば側に居続けられるというのか。

シーツの上でばらけた髪をひとふさ、指ですくって眺めた。

「…………おやすみ、ロニエ。良い夢を」

すっかり手入れされたそれの、少し冷えた感触。

唇で触れると、胸が満ちるような香りがした。

◇◇◇

頭痛がする。これが話に聞く、二日酔いというやつだろうか。

枕元に置かれていた水差しから水をコップに移しながら、小さく呻き声を上げた。

昨日のことは、わりと覚えている。

制止するジャックのことを振り切って、飲みたいだけ酒を飲んだ。

最後には案の定、介抱されることになってしまったが。どうして昨晩は、あれほど堂々と介抱をされたのだろう。

日はもう高く、昼食の時間に差し掛かろうとしている。

計算してみればかなり長々と寝たはずなのに、全身の倦怠感がすごい。

今なら、ジャックが飲みすぎるなと言っていた意味がよくわかる。

冷たい水を二杯飲んで、ほうと息を吐いた。

これほど冷えた水は、ちょっと余計にお金を出さなければ手に入らない。

きっと朝方に家々の前を練り歩いて行く水売りから、ジャックが買っておいてくれたのだろう。つまり、こんな時間まで寝続けていたのはロニエだけで、彼はすっかりいつも通りに活動しているのだ。失態、という言葉が脳裏をよぎる。

すでに色んなだらしない姿を見せてきた自負はあるが、まさかさらに上があるとは。

「あぁ、やっと起きたか」

部屋の扉を無造作に開けて、ジャックが覗き込んでくる。

人の寝室に勝手に入るなと言いたいが、昨夜酔っ払って寝たロニエを介抱してくれているのだ。文句をつけられる道理など、あるはずがない。

「昼食、食べられそうか？」

やはり、もう朝食の時間はとっくに過ぎているらしい。

軽く聞いてくるジャックに、無言で頷いた。

「お風呂、入ってから行く」

「足滑らすなよ」

なんとなく雑な態度のジャックが去ってから、のそのそとベッドからを降りる。

適当な服を抱えて、一階の風呂場へと向かった。

頭の先からお湯をかけていくと、身体の中で滞っていた酒精も流れていく気がする。

今朝もまた、ジャックの世話になってしまった。

良い取引先と仕事ができることになったし、これからはきっと収入が上がる分生活の質も向上していく。

〝恩返し〟的には一山越えた気がするけれど、ジャックはいつまでロニエの世話を焼き続けてくれるのだろう。気になるけれど、それを聞いて藪蛇《やぶへび》になるのが怖い。

見た目を整えても、多少会話に習熟しても、本質的にロニエは引きこもりのままだ。

いつだって何かを自分で動かすのが酷く怖くて、思考はその場で足踏みを続けている。

いずれ、この生活にも終わりが来る。

自分の精神のためにははっきりさせたほうがいいと思うのに、ジャックとそれを話し合う気にはなれなかった。

第四章　あの白い尾が翻し

朝起きて最初に気づいたのは、匂いのなさだ。
いつもなら漂ってきているはずの、食欲をそそる朝ご飯の香り。
それがないことに思い至ったとき、背筋が冷えた。
人の気配も感じられない。
――まさか。
ずっと恐れていたことが、とうとう現実になったのかもしれない。
ロニエの前に突然現れて住み着いた男なのだ。
突然姿を消してしまったっておかしくはない。
ざわつく胸を抑え込み、なんとなく足音を殺しながら、一階へと降りた。

人影のないしんとしたリビングのテーブルに、小さな紙片が置かれている。

無地のシンプルなそれを、ロニエは恐る恐る手に取った。

『ロニエへ
二日ほど留守にします。なるべく早く帰ってきます。
ジャック』

ロニエは無意識に止めていた息を大きく吐き出した。

——なーんだ。出て行ったわけじゃないのか。よかった、本当によかった。

誰もいない部屋の中で、一人胸を撫で下ろす。

非常に簡素な文面からすると、よほど急な用事があったらしい。

もしかすると、もともとあっさりした文章を書く人なのかもしれないが。

キッチンを見ると、切られた野菜がいつもの皿に盛られていた。シンプル極まりない料理だけど、特に不満はない。単純な野菜の盛り合わせですら、小ぎれいに整えて皿に乗せる、ジャックのマメさに感心する。

机に皿を並べて、朝食に手をつけた。

酒を飲み交わした日以来、当然のように食事を一緒に取るようになっていた。

久々に一人で食べるとなんとなく変な感じがする。

物足りない食事を終えて、どうしようか少し悩んで決めた。

——よし、今日は休憩の日にしよう。

ここ数日、ずっと気にかかっていたことを解消する良い機会でもある。

これはジャックがいない日でなければできないことなのだ。

仕事の締め切りにはまだ間があるし、財布にもほんの少し余裕ができている。

心配性のジャックは、ロニエが一人で出かけることをよく思わない。

それどころか、単独外出を強硬に阻止してくる。

ロニエが一人でふらふらと歩いているところを想像すると、非常に不安になるらしい。

断固として同伴を拒否するほどでもなかったし、一緒に歩くのは好きだったので受け入れていたが、一件だけ彼がいると困る用事があった。

ジャックがいったいどんな縁があって、恩返しをしたいと思うほど両親の世話になったのかが知りたい。調べに行きたい。本当は本人に教えてもらいたいのだけれど、ジャックに直接聞いても、なぜか毎回はぐらかされた。

最近のロニエはジャックのことならなんでも強い興味が湧く。

いつも目で追ってしまい、いないときも考えて、その人にまつわる事柄ならなんでも知りたくなってしまう。

ずいぶん前に、そんな行動をしてしまう女性の話を翻訳した。

これはつまり、恋なのだろう。

内容は確か道ですれ違っただけの相手に恋をした主人公が、自分に打てる手をすべて使って相手の情報を収集していくのだ。調査の中で様々な事柄が判明していき、最終的には国家の存亡に関わるような秘密すら主人公は手に入れる。しかし当人はそんなことには興味を示さず、恋煩《こいわずら》いの相手の情報だけを追い求めていく。

その過程で知った世界の秘密は、おまけにすぎない。

主人公は最終的に、相手すべてを理解して満足する。

片想いで晴れやかに終わる話は珍しくて、妙に印象に残った。

しかし今なら、多少はこの主人公の気持ちもわかる。

ジャックは顔もいいし物腰も柔らかで、モテる要素しかない。

あのうさんくさい笑みと押しの強さは、少し人を戸惑わせるかもしれないけれど。

しばらく接していれば、度を越えて親切で世話焼きなことは誰にでもわかるはずだ。

実際外に出れば、色んな女性がジャックに秋波《しゅうは》を送っている。その中にはきっとジャックと相性のいい女性もいるだろう。いつかロニエではない他の誰かを選ぶことだって十分にありえた。ジャックが誰かと付き合うことになるのか、それとも一生独り身で満ち足りた暮らしをするのかはわからない。しかしいずれにしろロニエは、ジャックが出ていくのを静かに見送ることになるだろう。

世の中の女性たちに自分が太刀打ちできるとも思えないし、そもそも自分はジャックに釣り合うような人間ではない。

シャンパンを初めて飲んだ夜、それを確信した。

酔ったとはいえ、ロニエにしてはかなり明け透けに心情を告白したのだ。

そのときの、ジャックの反応。

恋愛などしたことのないロニエでも、はっきりわかった。

まったく相手にされてなかったのだ。笑えるほど脈がない。しかしそれも当然のことだろう。ジャックは両親に恩があるからと、親身になってくれているだけなのだから。

ならば、せめてジャックのことをできるだけ知りたい、理解したい。

そして、ロニエの心の中で、ジャックを一冊の本にしてしまうのだ。

ジャックが去った後に、何度もそれを読み返せるように。

その状況を想像してみると、とてもいいアイデアに思えた。

さっそく財布にお金を入れ、外出用の服に着替える。ジャックが選んだ服はどれも品が良く、ちゃんと髪も整えれば、まるで良家のお嬢さんのように見えた。

これなら、どこを歩いても怪しまれることはないだろう。

今日に限っては、変な注目を集めたくない。

リビングのテーブルの上に、地図を広げる。

出版社に行くときに見せてもらったもので、この街の施設が細々と詳しく書かれている。

ジャックがどれだけこまめに街を調べたかわかる代物だ。

彼がここで暮らすために買った私物だそうだが、ロニエに「使うな」などとケチなことは言うまい。

行くべき場所への道のりを確認し、少しだけ考えて自分も書き置きをすることにした。

『ジャックへ
隣町に行っています
ロニエ』

もったいないので、ジャックが置いていった紙の裏に書いた。

文面を確認して、宛名にそわそわとする。手紙を書くというのは、こんなに照れくさいものだったろうか。それなりに字は綺麗なほうだと思うけど、妙に心細い。

何度か見返して、書き直すほどでもないかと納得してから机に置いた。

家を出て馬車駅へと向かう。目的地はひとつ隣の街だから、乗合馬車を使えばさほど時間もかからない。

数時間ほど硬い椅子で揺られ、若干歩行に支障をきたしながら元の家へと向かう。

しかし、乗合馬車がこんなに大変なものだとは知らなかった。

いま住んでいる街に越してくるときは、持ち去られずにロニエの手元に残った十数冊の本を新居に持っていくため、お金はかかるが個人で馬車を頼んだ。

あのときの馬車ですら、道のちょっとした凹凸《おうとつ》で派手に揺れるものだからずいぶんと酷い目に遭った。新居に着いて、端が潰れたりページが折れこんだりしている本に気づいて、静かに落ち込んだものだ。

それでもこの乗合馬車に比べれば、恵まれていたと言わざるを得ない。

人によっては週に何度も乗合馬車に乗るというのだから、驚いてしまう。

もしかすると、うまく負担を抑えるコツなんかがあるのかもしれない。

時刻は、昼をしばらくすぎた頃。

ようやく目的地についた乗合馬車から、よろよろと降りる。

一緒に乗っていたお婆さんに、少し心配されて恥ずかしかった。

歩いているうち、徐々に身体の強張りが解《ほど》けてゆく。

久々の街は、昔とさほど変わっていなかった。

というか、比較できるほどロニエは街に詳しくない。ロニエが知っているのは家の側の限られた範囲と、両親と一緒に行った買い物通り、そして教会くらいだ。

だから、街と街をつなぐ乗合馬車駅の周辺に思い出なんかない。

ただ建物の間を吹き抜ける風の匂いや雑踏から聞こえる声は、妙に懐かしかった。

道は、かろうじて思い出せた。普段は出歩かなかったせいで地理は怪しいが、幸いにして元我が家の近くには教会がある。

駅にある簡易な地図を見れば、方向とだいたいの道は理解することができた。

帰りのことを思うと、時間はあまりない。足早に道をたどり、懐かしの我が家へとたどり着く。記憶よりいくらか古びた屋敷の、門の前でしばし立ち尽くした。

幸い、まだ売れていなかったらしい。

閉じられた門には、鎖とともに〝販売中〟と書かれた看板が下げられている。

よく見れば担当している不動産屋の名前と、簡単な地図も書いてある。

ここからは、少し遠い。迷わずに行けるだろうか？

じっと地図を読み込んでいると、つむじに冷たい感触がする。いつのまにか天候が悪くなってきたようで、青かった空に分厚く黒い雲がかかっていた。

――あ、やばい。

そう思ったときには、手遅れだった。猶予があるように見えたのはほんの一瞬で、すぐにバケツをひっくり返したような雨が降ってくる。

傘を持っていないロニエを、大きな雨粒が容赦なく濡らしていく。

本来なら、近くの家や店の軒先を貸してもらうべきだったのだろう。

しかしロニエは反射的に、昔の我が家の中に侵入することを選んだ。

この激しい雨の中、歩ける気はしなかった。

屋敷を囲む塀は通年青々と茂っている生垣で、裏庭のほうに小さな穴が空いている。子供の頃に見つけた、小柄な人間なら通れる穴だ。当時は、何度もあそこから街へ探検に出かけることを夢想していた。結局、引っ込み思案を克服できず実現はされなかったが。

塀を通り抜けてしまえば、あとは簡単だった。正面の扉には当然施錠されていたが、裏庭を出入りするための勝手口には、鍵がかかっていなかった。こちらは目立たない場所にあるので、管理している不動産屋もうっかりしたのだろう。

申し訳ないと思いながらも、雨宿りを理由にして中に入る。それが悪いことだというのは、さすがにわかってはいた。しかし地面を叩く雨音に、すっかりと心が萎えていたのだ。運動不足のロニエは、乗合馬車の駅から歩き、体力の限界を迎えてもいた。

何より、久々に見た家は懐かしく、早く入ってみたかった。

盗んだり壊したりする予定はないので、許してほしい。

心の中で、そう弁解する。

靴についた水が滴り落ち、埃をかぶった床を濡らす。

室内の足跡というのは、どのくらいの期間で消えていくものなのだろうか。

屋内は、雨雲に陽を遮られた外よりも、さらに暗い。それでも、かつては自分の家だった建物だ。薄暗さの中でも、内部のことはよくわかった。

見覚えのある壁が、柱が、ロニエの胸を締めつける。

部屋に入り、壁にあるスイッチを押した。室内の備品の管理を、不動産屋はしっかりやっているらしい。天井から下がった光球が何度か瞬いて、部屋の中を照らした。

ネズミくらいはいるだろうかと思っていたが、生き物の気配はしない。

埃こそ積もっているものの、案外荒れてはいないようだ。

両親の葬式後にやって来た見知らぬ親戚たちに、持ち運べる調度品や美術品などはあらかた持っていかれたので、残っているのは造り付けの大きな家具くらいだ。

あのときは両親の死が衝撃すぎてあまり記憶に残っていないが、カーテンまで持っていかれているのはさすがに笑ってしまう。

いまさらだが、両親は本当に彼らと約束なんかしていたのだろうか？

高価な品のひとつやふたつなら理解できるが、ひとり娘がいるというのに造り付けの家具以外すべての品を譲る約束をしていたなんて、なかなか珍しいケースのように思う。

半ば確信のある疑問がふと浮かんだが、ため息で散らす。

いまさらだ。真実がどうであれ、ロニエの手元にはもう何もない。

あの自称親戚たちがどこの誰なのか、それすらもわかっていないのだ。

両親の寝室へと、足を向ける。

ロニエが十にも満たない子供だった頃、母に教わったことがある。

彼らの寝室には内緒の金庫があって、そこには仕事の帳簿を入れているのだと。

商売をしている人間の家には、たいていそんな秘密の場所があるのだそうだ。

今考えると、そんな場所に隠す必要がある帳簿なんてかなり怪しい。

そこに帳簿以外の記録が残っているのなら、ジャックの過去についての手がかりもあるかもしれないと、ロニエは考えていた。

今となっては、過去につながる可能性があるものはそれくらいだ。

母が言っていたことがどこまで真実かわからないが、あの金庫は両親が亡くなって以来誰も開けていないはず。

なにしろ、その隠し金庫は一目でそれと気付くことができない。

寝室の窓をぐるりと囲んだ、なにげない飾り枠。その一部を決まった手順で押すと、反対側の壁がずれて金庫が出てくる仕掛けになっている。

どんな泥棒にも、見つかってはいけないのだと母は言っていた。

隠し金庫はあまり大きなものではない。

例えるならば、猫が四匹ほど入るくらいだろうか。

ダイヤル式の鍵を回して、解錠を試みる。

まずは両親の誕生日。それから、毎年祝っていた結婚記念日。

金庫の存在は教えてもらっても、その番号は伝えられていなかった。

当然だ。

当時、ロニエはほんの小さな子供だった。

二人にまつわる数字をかたっぱしから試したが、鍵が開く気配はない。

ふと思いついて自分の誕生日を入れると、隠し金庫の扉は金属音を立てて開いた。

中には、使い込まれた手帳が何冊か入っている。手帳を開いてみると、細かな字がびっしりと何かが書き込まれていた。これを読むには、時間がかかりそうだ。

大きなベッドに腰掛けて読もうとしたが、座った瞬間に埃が舞って噎せてしまう。

雨が部屋に降り込まないのを確認して窓を開ける。ベッドシーツだけでも窓で叩《はた》く。何度かそれを繰り返せば、かろうじて耐えられそうな塩梅《あんばい》になった。

今できることとしては、これが限界だろう。

埃を払ったシーツを敷くとロニエは上着を脱ぎ、ベッドに寝そべって手帳を読む。

そこに書かれていたのは、日記とも帳簿ともつかない記録だった。

毎日数行、その日にあったことを端的に記す文字列たち。

字の癖《くせ》からみるに、母のものだろう。

ジャックが恩を受けたと言うのは、十年ほど前だったか。

どうせ、時間だけは十分にある。

この大雨は、たぶん一晩中降り続けるだろうから。

心当たりのある期間から、じっくりと順番に読んでいけばいい。

少し余裕をもって、十二年前の日付から読み始めた。

手帳には日常の出来事と、その日の貸付や取り立てに関する話が書かれている。

たいていはあっさりとしたもので、読むのにさほど時間はかからないように思えた。

紙面には、幼い頃のロニエと両親の日常が連綿《れんめん》と綴《つづ》られている。

記録の中のロニエは、ずっと本を読んでいた。たしかこの頃、両親に何度頼んでも一人歩きどころか外出も許可されずに拗《す》ねていたのだったか。

引きこもりを強《し》いられたフラストレーションを昇華するために、ロニエは本を読むことにしたのだ。本の中でなら、ロニエは本当に様々な場所に行くことができたから。

母が綴る記録の中、ロニエはすくすくと成長していく。相変わらず外への憧れはあるようだが、本への興味も増している。だいたいの本は一日二日で読み切ってしまうために、ことあるごとに新しい本をねだっていたようだ。

ある日父が持ち帰り気まぐれにロニエに与えてくれた、ネアテ語の翻訳小説。これが発端でロニエは一気に語学への興味を持った。それがちょうど、十年前のことだ。

ロニエの成長や家庭での出来事を綴りながらも、メモ書きのように添えてある取引記録たち。誰に何を貸したか、そしていつ返ってきたか。

あるいは、返済を見込めそうにない場合に〝何〟を代わりに回収したのか。

宝石やアクセサリー、高級な調度品は理解できる。

しかし、たびたび人名としか思えない単語が出てくるのはなぜなのだろう。

『人身売買』という言葉が思い浮かび、背中に嫌な汗が滲む。

人身売買は法により禁止されている。

守るべき社会の法律《ルール》だ。

ここに書かれている内容が事実なら、両親は法を犯していたことになる。

たった一行で記されているだけの名前。いったいどんな方法で換金されたのか。

おぞましい予感がするが、おそらく的外れではないだろう。

ロニエの家は、羽振りがよかった。

金貸しというのは、たいていみんなそうだ。

だから我が家の家計に、特に疑問を持ったことはなかったのだ。

けれど、過保護すぎたロニエの環境は、本当に両親が〝ただの金貸し〟だったからなのだろうか？

ページをめくる。

ロニエが、幼年校に通っている。夕餉の時間、その日あった出来事を両親に語ったらしい。その下の行には、誰にいくら貸し付けたかの記録。

ページをめくる。

ロニエが学校で失敗をしたと落ち込んでいる。両親はそれを優しく慰《なぐさ》めた。そして、ラミヤール氏とやらの返済期限が迫っているらしい。

返済の見込みを尋ねるが、はっきりとした返事はなかったようだ。

ページをめくる。

ロニエが、新しい本を与えられ喜んでいる。貿易商から市場に回る前に譲られた、ネアテ語の児童小説だ。ラミヤール氏は、とうとう返済期限までにお金を用意できなかったらしい。担保とされていた、氏の息子を両親が受け取った。

まだ幼く、天使のように美しい少年。白銀の髪に紫の瞳。

きっと高値で売れるだろうと、文字が躍《おど》っていた。

「…………」

紙面をなぞる手が、震える。

次のページで〝美しい少年〟は資産家の女性に買われていった。

貸付金をはるかに超える値段で。

目の前が昏《くら》くなる。紙面に書かれた〝美しい少年〟の名が偶然だとは、とても思えなかった。両親が好事家《こうずか》に売り払った、子供の名は――。

「………ジャック」

「呼びましたか？」

ぎしり、とベッドが軋む。

いまここで聞こえるはずのない声が、頭上から降ってきた。

◇◇◇

「ジャック様、呼び戻してしまい申し訳ございません」

「いや、いい。治る怪我でよかった」

「ただの捻挫《ねんざ》ですから。若いのが慌てて、連絡に飛び出してしまいまして」

使用人用の部屋の中でも、特に作りのいい部屋のベッドで身体を起こし家令が白い眉尻を下げてジャックに謝る。いきなりロニエの家に飛び込んできたフットマンが、家令が大変だと言うので慌てて戻ってきたが、どうやら怪我自体は軽いらしい。

もちろん、それでも大ごとには違いないのだが。

街道を飛ばす馬車の中で聞いた事情によると、ジャックが留守にしている間にあの老女の息子が来たのだ。

わずかな相続分――といっても、庶民からすれば結構な資産だったはずだが――を早々に使い果たした息子は、金の無心をしに屋敷へ訪れた。

老女が実の息子に金しか遺さなかった意味が、よくわかるエピソードである。資産としてこの家を与えていれば、早晩使用人のほとんどが路頭に迷うことになっただろう。

家令は奴のことを一顧だにせず、追い返そうとしたらしい。しかしあっという間に遺産を使い果たすような男が、それで素直に撤収するはずもない。

苛立ちまぎれに老いた家令を突き飛ばし、倒れた拍子に老人の足首は捻挫を負った。

主人が不在の間、屋敷にとって家令というのは重要な柱である。

彼が怪我をしたことで大騒ぎになり、息子は慌てて逃げ帰った。

ジャックを迎えにきたフットマンは、家令を医者に診《み》せる前に屋敷を飛び出してきたらしい。追い詰められた表情でロニエの家の扉を叩くものだから、正直家令は死んだものと思ってしまったのだが。

あの勢いで叩かれてロニエの家の扉が壊れなかったのは、奇跡と言ってもいい。

屋敷に戻ってみれば、久々に見た家令はけろりとしたものだった。

今は立って動き回ることは厳しいらしいが、一ヶ月もあれば治ると医者が言った。

白い髭を揺らして笑う老夫の姿に、ひとまずは安心をする。

命に別状がないのなら、それが一番である。

しかし、そうなれば今度はロニエが気になってくる。自分が出て来たとき、ちゃんと鍵はかけてきただろうか？　慌てていたので、いまいち記憶が不確かだ。

そろそろ、グルナールにもロニエが自立したことが伝わる頃だろう。

ジャックがいない間に、いつグルナールが来るかもわからない。彼女もさすがに自分がいいように利用されていたことは理解しただろうが、いざグルナールを目の前にしてしまえば、今のロニエでは奴と縁を切るどころか、追い返せない可能性が十分にある。

それにだらしのない彼女のことだ。放っておけば一日と経たずに、家は散らかるかもしれない。最近はほとんどの時間を、一緒に過ごしていた。

ジャックのいない家で目覚めて、寂しがっているかもしれない。

こちらはもう心配はないのだから早く帰ろう。

今から馬車に乗れば、夕方にはあのボロ家へとたどり着けるはずだ。

ジャックは家令と使用人たちを労って、急いで馬車駅へと向かう。

通り道に花屋がいたので、一輪だけ買った。つやつやと赤く華美な見た目はいかにも気《き》障《ざ》で、今の気分にふさわしいように思えた。

乗合馬車の時間を待つのも億劫《おっくう》で個人の馬車を捕まえる。

少々割高にはなるが、他の乗客を待つことなく目的地に向かうので早く着く。

チップをはずんだからか、馬車はその車輪を壊さない程度に飛ぶように走った。

途中から雨が降り始めたが、屋根があるので気にはならない。

しかし御者のほうはさすがに小さな庇《ひさし》だけでは、雨を防ぎきれなかったようだ。降りる頃には彼の服はすっかり色が濃くなっていて、気の毒なくらいである。

ロニエの待つボロ小屋に戻れたのは、日が傾き始めた頃合いだった。

ドアノブをひねって鍵がかかっていたことを確認して安堵する。締め忘れてはいなかったようだ。玄関を開けると、いやに静かなリビングに迎えられた。

リビングのテーブルの上には開きっぱなしの地図と、書き置きらしき紙片。

手に取って確認してみれば、ロニエの字が踊っていた。

ロニエが行くと書いた隣町には、彼女の生家がある。

玄関には、畳まれたままの中古の傘が置いてあった。

雨が降るとは思わず、持たずに出かけたらしい。帰る途中で雨に降られて、乗合馬車の駅あたりで傘もなく立ち往生しているかもしれない。

迎えに行ってすぐに赤い花をロニエに渡したかったが、この大雨では歩くうちに散らしてしまう。

水を入れたコップに挿し入れてリビングのテーブルに置いた。

自分の傘とロニエの古い傘を持って駅まで歩いて行く。

石畳はぬかるまないので歩きやすくていいが、ジャックのように傘を持たない誰かを迎えに来た人々以外は、駅にはほとんど人影がなかった。

ロニエの生家へと向かう道は一本しかない。待っていれば見つけられるだろうと、乗り込み口を眺めて待つが、ロニエが降りてくる様子はない。

「にいちゃん、今日の馬車はもう終わりだぜ」

粗野《そや》な態度の御者が、待ち人に会えず困惑するジャックにそう声をかけた。

その言葉に、ジャックの身の内を形容しがたい、嫌な予感がせり上がってくる。

大雨のせいで隣町に足止めされているのだろうか。

外出慣れしてないロニエのことだ、何かトラブルに巻き込まれているのかもしれない。

「そうか、隣町まで頼みたいんだが、できるか？」

紙幣を渡して男に問えば、怪訝な顔のまま周囲を見渡し、二頭立ての小さな馬車を今まさに片付けようとしている男に声をかけた。

「てっつぁん、この兄《あん》ちゃんが隣街に行きてえらしい！」

「うちも、もう終わりだよ」

声をかけられた男は、煩《わずら》わしそうに返事をした。気難しそうな表情で、にべもない。

「頼む」

乗合馬車の男に顎で示されるまま、「てっつぁん」と呼ばれた御者に金を渡す。この雨では御者も隣街で泊まることになるだろう。一往復の代金だけでなく宿代を加え、さらにチップをかなり上乗せした。金額を確認した男は、鼻を鳴らしてから頷く。

「大雨のうえ夜道だ。揺れるが文句言うんじゃねえぞ」

了承すると、男はカンテラを持って御者台へと座り直した。

急いでくれと頼んで、馬車の中へと乗り込む。チップが効いたのか真面目な性質《たち》なのか、男は要望の通り疲れた馬を励ましながら走ってくれた。

ジャックは隣街の乗合馬車駅で御者を労ってから馬車を降りると、大急ぎで道を行く。

先ほどよりさらに強くなった雨足は、もはや傘では防ぎきれないほどだ。

歩くごとにズボンの裾が、色を濃くしていく。

この街で、ロニエが行く場所などひとつしか心当たりはない。

売りに出されているロニエの生家が、どこにあるのかは知っている。

最初にレナール夫妻について調べたとき、ついでのように屋敷の場所と値段を知ったのだ。当時は書類に書かれた地図を見て、誰も住んでいないなら調べなくていいと、思ったものだったが。

雨脚は弱まる気配もなく、人通りはほとんどない。

時折すれ違う人たちは、皆急いだ様子でどこかに走り込んでいる。

陰鬱《いんうつ》な天気の中でジャックは淡々と歩き続け、件《くだん》の空き家へたどり着く。

鎖で封じられた門には、〝販売中〟と書かれた看板があった。

当然ながら施錠されている。これでは、誰も入ることはできない。ロニエがここにいると思ったのは見当違いだったか。そう思って背を向けようとしたとき、屋敷にひとつ、煌々と光っている窓があることに気が付いた。

誰かがいる。おそらくは、ロニエが。

周囲を見渡すが、侵入できそうな場所は見当たらない。

あの金貸し夫婦もさすがに、恨みを買っている自覚はあったのだろう。

高い塀に、しっかりとした門扉。一歩間違えれば檻《おり》にも見える家。

来る者を拒む、堅牢《けんろう》な作りの屋敷を睨む。

ジャックは門の看板に書かれている地図を確認すると、屋敷を管理している不動産屋へと向かい、鍵を借り受けた。

本来なら不動産屋もついてきてジャックを見張っているべきだった。しかし、豪雨の中を付き合うのは嫌だったのだろう。

長く買い手のついていない屋敷に、それほど関心もなかったに違いない。

職業意識の低い不動産屋だとは思うが、もし中にいるのがロニエであれば、不動産屋を伴って鉢合わせるのは少々面倒だから、都合がよかった。もうずいぶんと油をさしていないのだろう、なかなか回らない鍵に苦労をしながらも門を開ける。

静かな屋敷の中に入って、外の雨音の大きさにやっと気づいた。

屋敷によって世界が区切られたような、奇妙な感覚。

外界とは対照的に静まりかえった建物の中、ロニエがいるであろう場所へとあたりをつける。埃の積もった床の上には、所々小さな足跡がくっきりと残っていた。

目指していた部屋は簡単に見つかった。足跡をたどれば方向は知れたし、その先にあった古い扉は完全には閉まっておらず、隙間から光が伸びていた。

気配を殺して歩いたのは、なぜだったのか。

呼吸の音すらも努めて消し、ゆっくりと目的の場所の前まで到達する。

耳を澄ませば、ロニエが身じろぎをする気配がわかるような気がした。

静かに扉を押して入り込む。埃っぽい部屋にあるベッドの上でうつ伏せに寝そべったロニエが、何かを熱心に読み込んでいる。

気づかれないよう慎重に、傍へと近づく。

息をひそめてアプリコットの頭を、上からゆっくりとのぞいた。

小さな手帳にみっしりと書き込まれた、小さな字。

それはどうやら日記のようで、数行ずつの日々の出来事が綴られているようだ。ロニエはよほど集中しているのか、ジャックには気づかないままページをめくっていく。

書かれている日付はちょうど、十年ほど前。

心当たりのある数字に腹の奥が冷えていく。

ロニエがページをめくる。

資産家の老婦人が、とある少年を買った。

それが誰のことなのか、名前を確認する前にわかっていた。

「……………ジャック」

半ば無意識だろう言葉が、ぽつりとこぼされた。

「呼びましたか？」

応じる自分の声は、いつもよりずっと無機質だった。

ロニエが、ハッとジャックを見上げる。その若草色の目に、怯えが見て取れた。

いるはずのない人間が現れたのだ、無理もないだろう。

ロニエの瞳の中に、表情の抜け落ちたジャックがいる。

ジャックは寝そべった状態のロニエの上に、覆うようにしてベッドに手をついた。

◇◇◇

ぎしり、と古いベッドが軋んだ。
「……どうして、ここに」
突然現れた男を見て、ロニエは声を震わせる。
紫色の瞳には感情がなく、初めて見る表情はまるで他人のようだった。
こちらを見下ろしたジャックは、無言のままロニエを眺め続ける。
部屋の中に、痛いほどの沈黙が満ちる。
ジャックからのプレッシャーが肌を刺し、ロニエはだんだんと息が苦しくなってきた。
ベッドの傍らで、自分を見続けるこの男は誰だ。
両親に〝恩〟を返すと、ロニエの家に押し入った男は。
「帰ったらあなたがいなかったものですから、探しに来たんですよ」
ジャックは、うっそりとロニエに微笑みかけた。
その声に、いつもの温かみはない。
ただ表面的な声の抑揚だけは、わかりやすく親しげな調子だった。返事の仕方がわからなくなって、ロニエはベッドの上でジャックから離れようと身体をずらす。

ジャックの形のいい唇が、いびつに歪《ゆが》んだ。笑っている。

それなのに、どうしてか感じるのは恐怖だ。

彼の過去を探っていた後ろめたさからだけではないと、ロニエは本能的に判断した。この青年に、ここまで恐怖を感じることなんて今までなかったのに。

「……隠し帳簿というのは、どこの金持ちも持っているんだな」

固まったままのロニエを見て、ジャックが疲れた顔で笑う。

さっきまでの雰囲気は霧散して、ただそこには濡れそぼった青年がいた。

こんなにも、弱々しい空気を纏《まと》う男だっただろうか。

窓の外から、雨音が戻ってくる。

「ジャック、ここに書いてあるのって……」

「想像はついているからそんな顔をしてるんでしょう、俺ですよ」

あっさりと答えたジャックに、どう言葉を返せばいいのかわからない。

そんなロニエを見てジャックは、自嘲気味に笑った。

「ロニエ、俺は売られたんだ。あなたのご両親に」

ジャックはロニエから視線を外し、ぽつりぽつりと過去を話し始めた。

幼い頃、両親が事業に失敗したこと。

借金のカタに、金持ちの老婦人のもとに売り払われたこと。

そのお屋敷での、屈辱的な生活のこと。

「清算してやろうと思ったんだ。俺の人生をめちゃくちゃにした奴らに、落とし前をつけさせたかった。なのに、俺が自由になった頃には、全員死んでた」

ロニエには、言うべき言葉が見つからなかった。

いったい、どんな気持ちだったんだろう。

自分を支配していた婦人が死んで、自由を手に入れたときには、彼を貶めた人間はみんな墓の中に逃げ込んでいたなんて。

「あとは、あなたもご存じの通り。俺は俺を売った金貸しが一番悲しむであろうことを、やろうとしてあなたに近づいた」

心臓のあたりが痛む。帳簿に書かれた名前を見た瞬間、予想はついた。

憎い人間の子供に、わざわざ近づく理由なんか限られている。

「……私、両親がそんなことしてたなんて」

「ええ、知らなかったんでしょう。でなければ、あんな無防備に俺を受け入れたりしない……最初は、それでよかった。何も知らない娘をずたずたにしてやれば、あいつらはたとえ墓の中でも苦しむだろうと思ったから」

　加害者が消えても、被害者の傷は癒《い》えない。

　復讐のチャンスさえ奪われてしまえば、心の内にため込んだ憎しみは行き場を失くし膿んでしまう。きっと、ジャックもそうだったのだろう。

　ジャックは息を吐いたあと、軽く首を横に振った。

　薄暗い部屋の中で、彼の髪が室内灯に照らされて光る。

「ジャック……」

　何を言うべきかなんて、ひとつもわからなかった。

　混乱したまま名前を呼ぶと、整った顔が苦笑に歪む。

「朝が来たら、俺は屋敷に戻ります。人をやるので、家具のことは好きにしてください」

「……やだ、一緒に家に帰る」

　気付いたら、思ったことをそのまま口走っていた。

　まだ考えはまとまらない。

　ジャックの凄惨《せいさん》な過去は自分の両親に責任があって、彼に対してロニエが望めることなど、何ひとつないのかもしれない。でも、こんなふうに終わるのは嫌だった。

　相手の袖に手を伸ばして縋りつくロニエに、ジャックが困った顔で口を開く。

その表情はいつものジャックみたいで、内心でほっとした。

「あんたに俺が何をしようとしていたかを知らないから、そんなこと言えるんだ」

ジャックが、ロニエに何をしようと考えていたのかは知らない。

箱入り娘であり、箱を失った後も世間知らずを貫いたロニエにはわからない。

けれど、ジャックは結局ロニエに何もしなかった。

ただ尽くし、生きる力をつけさせただけだ。

ロニエにとっては、それだけが真実である。

「両親のことはなんて言っていいかわからないけれど、もしジャックが私への負い目から離れるなら、そんなのは嫌——ジャック、私あなたが好き」

決して言うつもりはなかった言葉が、思わずこぼれた。

一度告白に失敗している。

そんな相手から何度も想いを告げられるのは、負担になるだろうと考えていたから。

ロニエの告白を聞いたジャックが、苦しそうに眉を寄せる。

「……勘違いだ。身寄りもなく人に利用されてばかりだったから、親切にされて誤解したんだろう」

「誤解って何、私の感情を勝手に決めないで。私は、本当にジャックのことが——」

「俺も、あなたのことが好きですよ。あなたとは違う意味で」

ロニエに最後まで言わせまいとするように、言葉を被せてジャックは言う。

想いを言い募ろうと身を乗り出したロニエの頬を、ジャックはそっと撫でた。

そのまま整った顔を近づけて、耳元で囁《ささや》く。

「俺なんかにかまけてないで、もっとまともな人間を捕まえるといい」

世界にあらゆる機会を奪われてきたロニエは、好意にも種類があるということを理解できずに育ってしまったに違いない。

ロニエが今抱いている感情は、依存であるとジャックは確信していた。

何しろ、そうなるように自分が仕向けていたのだから。

ロニエから身体を離そうとすると、いきなり胸ぐらを掴まれる。

自分の影の中、ロニエの目が爛々《らんらん》と光をたたえているのが見えた。

「私は、ジャックがいいって言っているの。ジャックも私を好きなら――」

言葉の途中で唇がふさがった。ジャックの熱を持った舌が、ロニエのそれに絡む。

「ん……!?」

突然のことに目を見開いて、ロニエはジャックを見る。家族としていたようなキスとは違う、もっと直接的で、身体の芯がうずくような感触がする。

時折本の中で見た、恋人同士で行うものだろうか。呼吸すらままならず、だんだん思考が濁っていく。それなのに、触れ合う嬉しさだけは鮮やかになっていく。

しばらく口内を蹂躙《じゅうりん》された後、ようやっとジャックの顔が離れる。

銀の糸が、少し伸びた後にふつりと切れた。

「俺の好きは、こういう好きだ」

「だったら、私と同じ好きだけど」

初めての深い口付けにクラクラしながらも、ロニエは反射的にそう答えた。

強がりじゃない。最初から、彼が好きだと気づいた瞬間から、ロニエはジャックのことを恋愛対象として好きだった。

ロニエの言葉に、ジャックが小さく声を詰まらせる。

「……っ、本当にわかっているのか？　口付けだけじゃない、俺は」

「そんなに疑うなら、試してみれば」

今度は、ロニエがジャックの唇を奪った。

先ほどの行為を真似て、拙《つたな》く舌を差し入れる。

経験こそないが、ロニエだってそれなりに好奇心はある。

多くの恋人同士がどうやって愛を交わすか、だいたいは知っていた。

閨事《ねやごと》を教えてくれる友人はいなくとも、本を読めば概要は摑める。

だから、ジャックの疑いなどてんで的外れなのだ。

ジャックの芸術品のように美しい手が、恐る恐るロニエの腰に伸びる。

口付けを交わしたままロニエが抱き寄せると、ジャックは抵抗することなくベッドの上に膝をのせた。遠くで、雷の音が聞こえる。

「……本当に、いいのか」

「うん」

ジャックの確認にも、ロニエは躊躇《ためら》うことなく頷いた。

心臓の音が、彼に聞こえていないといい。

怖気《おじけ》づいているところを見せれば、このまま離れていってしまうだろうから。

スカートの中に、大きな手が伸びる。

ジャックのおかげでしっかりと丸みを帯びた尻を、ストッキングの上からゆっくりと撫でられた。

こんな場所、大きくなってからは誰にも触れられたことはない。

触れられた場所が順番に熱を持つが、その違和感に声を上げることはしなかった。

嫌がっていると誤解されれば、そこで終わらせられてしまうだろうから。

ジャックはロニエを観察しながらゆっくりと、下肢の布を取り去っていく。

屋敷の冷えて湿った空気が、肌に触れた。

紫の目が、ロニエを見ている。それを意識すると、鼓動が高鳴った。もっと毎日、肌の手入れをするべきだった。美しいジャックと比べれば、自分は見劣りしてしまう。

部屋は文字が読める程度には明るく、それがロニエの緊張を煽った。

明かりを消したいと申し出れば、どう反応されるだろうか。そもそも、閨事というのはどんなシチュエーションでするのが〝普通〟なのだろう。

本に書いてある限りは、明るかったり暗かったり様々だけれど。

もしかすると、そんな些細なことも意思表示できない関係で、肉体を繋げるべきではないのかもしれない。しかし、ロニエにとってはこれがきっと最初で最後のチャンスだ。

ジャックは特に何を言うわけでもなく、肌を撫でていく。

下着に守られていた秘所をジャックの指先に触れられ、さすがに息が漏れた。

静かな部屋の中で、小さく水音が響く。

「……もう濡れてる」

耳元で、ジャックの声が響いた。それだけで、全身が甘く痺《しび》れる。

これから行われることを考えると、もう耐えられなかった。

「ジャック、早く……っ」

彼を想う気持ちは、本物だ。少なくとも、ロニエ自身はそれを断言できる。

しかし、自分のもっとも秘した箇所に触れられるのは恥ずかしくて仕方がない。

世の中の恋人たちは、みんなこんなことをしているのか。にわかには信じがたい。

自分は、どこに目をやっていいかすらわからないのに。

「初めての相手に、そんな性急に進められるわけないだろう」

ジャックが柔らかく笑う。

そういうものなのだろうか。ジャックのやり方に疑問を挟めるほど、ロニエは房事《ぼうじ》に詳しくはない。せいぜいが、恋愛小説に挟まっているさらりとした描写程度の知識だ。

ロニエが拒否するそぶりを見せないのを確認してから、ジャックは太ももの根元を両手で摑んでその間に頭を埋《うず》めた。

「ジャック……何を……！」

そんな場所に、顔を近づけないでほしい。すべて受け入れようと決めていたのに、ロニエは思わず声を上げた。捲り上げたスカートのふもとで、ジャックがロニエを見上げる。

「何って、舐めるんだよ」

「舐め……!?」

完全に予想外だ。ロマンス小説に、そんな描写はあっただろうか。

そういえば、時々舌がどうのという文が、あったような気もする。これか。

驚いた顔のロニエを見て、ジャックが片眉を上げた。

「……やめるか？」

「やめない！」

初心者のロニエにとって自分の脚の間を味わわれるなど、とんでもない行為だった。

しかし、ここで怯めば、ジャックはこれ幸いと中断してしまうだろう――とはロニエの判断で、実際のジャックがここまで来て中断できたかは怪しい。

ともかくロニエはジャックの提案を跳ね除けて、脚の間にいる男から顔を逸らす。

覚悟はしているつもりだが、実際に自分が触れられているのを見るのは恥ずかしい。

思わず両手で顔を覆ったロニエの敏感な部分に、ジャックの舌が触れる。

与えられた刺激に、自分でも信じられないほどの甘い声が零れた。

ぷくりと膨らんだ快楽の芽を柔らかく潰され、下肢が小さく跳ねる。

「い、ひゃ、んん、ジャック……！」

脳髄《のうずい》が痺れる。かけられている力はごく些細なもののはずなのに、どうしてここまで乱れてしまうのだろう。今までその気配すら知らなかった快楽が、ロニエの思考を侵していく。ありえないほど気持ちいいのに、どうしてか逃げ出したくなる。

ジャックの手がロニエの太ももに触れていなければ、逃げ出して今後永久に彼と交わる機会が失われると確信していなければ、とてもベッドの上で大人しくしていられない。

温かく濡れた舌は容赦なく、ロニエの好《い》い場所を弄《もてあそ》んでいく。

箱入り令嬢として育まれた感性に照らし合わせれば、これは間違いなくはしたない行為だった。

ジャックの舌ひとつでこうも乱れる女は、彼の目にいったいどう映っているのだろう。

男女の交わりとは、ここまで刺激的なものだったのか。

舌でさんざん嬲《なぶ》られ煽り立てられ、ロニエの理性がぐずぐずと蕩《とろ》かされていく。

部屋の中に響く淫猥《いんわい》な水音が、羞恥心を煽り立てる。決してジャックのものだけではない潤みが、太ももを伝って尻に落ちていった。熱を持った肌が、冷えたシーツに触れる。

自分の両親のベッドで、まさかこんなことをするなんて。

脳裏をよぎった彼らの顔は、ジャックに触れられるたびにおぼろになっていく。

気づけば、部屋に響く水音は耳を塞ぎたくなるほどに大きくなっていた。

どれくらいの時間責め立てられていたのか、ロニエにはわからない。

「あ、ジャック……何か、ん、んんっ」

　ただ、彼の手管に翻弄されているうち、いまだ覚えたことのない感覚が背筋を這いのぼってきた。自分の中にある何かが、はち切れるのを今か今かと待っている。

「あ、はぁ、んくっ…」

　どうにも恥ずかしくてできるだけ抑えていた声も、もう制御する余裕がない。

　縋るようにジャックを見下ろすと、紫の目もこちらを見ていた。

　熱い舌先が中を抉って、ロニエはとうとう喉を反らして果てる。

　一際高い声を漏らし、小さく痙攣《けいれん》した。その動きが、ジャックに伝わっていないはずがない。延々と口での奉仕を続けていたジャックが、やっと離れていく。

　ロニエは荒い息に戸惑いながらも、訪れた絶頂の余韻に浸った。

　好いた女が快楽に身を委ねる姿を見て、ジャックの理性がぐらぐらと揺れる。

　このまま、一気に食らってしまおうか。

　ロニエを騙そうとしていた負い目がなければ、さほど迷わずにそうしただろう。

　ロニエからの告白を、無邪気に受け取って大切に抱いたに違いない。

　しかしロニエが今感じている想いは、彼女を騙すために演じられた男への愛着だ。

　身寄りも友人もないロニエに、その感情が偽物であるとはわからないのだ。

　まともな人間が一人でも傍にいれば、きっとジャックに騙されることなどなかった。

ただの依存で、ろくでなしと身体を繋げるなんて経験はないほうがいい。

きっと、行為を進めていけば自然と怯むだろう。

彼女の怯《おび》えを正確に汲み取って、そこで離れるべきだ。

そうすれば、ロニエは致命的に傷つかずにすむ。

ジャックの中で、そんな思考がぐるぐると回る。もっと早くに手を引くべきだったと囁く理性を、聞き入れるだけの余裕はもうなかった。

丁寧に行った奉仕で潤み切ったそこに、指を挿し入れる。

予想していた通り、彼女の中はいささか狭い。

今まで誰とも関係を築くことがなかったのだ、当たり前だと言えばそれまでだ。

しかし指をきつく咥《くわ》えるその感触に、ジャックは内心で仄暗《ほのぐら》い喜びを抑えきれなかった。

世界の誰も、この愛らしい女の媚肉の感触を知らないのだ。

シーツに散るアプリコットの髪も、赤く染まった頬も、快楽に潤んだ緑の瞳も。

それを知る最初の男が自分であることが、酷く甘美な事実に思えた。

同時に、彼女がいずれ本当の意味で誰かと愛し合うことを想像して、顔も知らぬ誰かに憎悪の火が燃える。

いっそ一生忘れられない体験になればいい。

こっちだって、一生忘れられる気はしないのだ。

だから、それでおあいこだろう。

身勝手な願望だと承知しながらも、ジャックは心の中でそう吐き捨てた。

ロニエは与えられた異物感に、はくはくと息を吐き出している。

未知の感覚でも、嫌悪感はない。それを与えているのが、ジャックだから。潤み切った温かく柔らかい肉が、長い指を受け入れる。ロニエの内部はとっくに柔らかくなっており、指の二本程度なら易々《やすやす》と呑み込んでしまう。

内壁を優しく擦られると、背筋が快感に粟立《あわだ》つ。

肉体を重ねるということが、こんなにも甘美だなんて想像もしていなかった。

「ん、く、あ……ひぅっ」

「熱いな……それにたくさん濡れてる」

状態を具体的に語られるのは、羞恥心を刺激した。自身の中で動く指は的確で、予め知っていたかのようにロニエの好《い》い場所に触れてくる。

ジャックの手管が何によって磨かれたものか、それを察するほどの思考力はもう残っていない。

ただ与えられる快楽に、振り落とされないようにと必死で息をする。

これがまだ途中であるということを、ロニエはちゃんと知っていた。

ジャックを自分の中に迎え入れたい。それは義務感でも意地でもなく、渇望だった。

本で読んだ愛し合う恋人同士のように、一時《いっとき》でもひとつになることができたら。

それは、どんなに素晴らしいことだろう。

シーツを握っていた片手を放し、ベッドの上を彷徨《さまよ》わせる。

どうしてロニエの望みを察したのか、ジャックは無言でその手を握ってくれた。

それが嬉しくて、精一杯指を絡め返す。まるで、本物の恋人同士のようだ。

ジャックは丹念にロニエが悦ぶ場所を確認し、しつこいくらいにそこを刺激する。

そしてついでに、いつの間にか露にされていた胸の膨らみの先端を口に含む。

突然の刺激に、ロニエは高い声で啼《な》いて喉を反らした。

本にはこんな場所に相手が触れるなんて、書いてあっただろうか？

一生懸命自分の知識を掘り起こそうとするが、絶え間なく与えられる刺激に、思考はあっさりと散っていった。

ジャックの手が、唇が、舌が、彼のすべてがロニエを翻弄する。

まるで嵐の中の小舟のような心持ちで、けれど波が収まることを少しも望んでいない。

ただ、彼のくれる快楽に酔いしれていた。

二度目の果てが来る。自分の中がどっと潤み、ジャックの指をきつく締め上げたのがわかった。これでは足りない。ジャックの全部が欲しい。

「あ、んん……ジャック、ジャック……っ」

「……そんなふうに、呼ばないでくれ」

ジャックが苦笑するが、この場にふさわしい言葉などロニエは知らない。

ただ与えられる快楽に思考がふわふわして、気持ちが命ずるまま愛しい相手の名前を何度も口にした。

ジャックがズボンの前を寛《くつろ》げ、下着をずらし自分のものを取り出す。

ずっとロニエの痴態を見ていたせいで、さっきから苦しいくらいに怒張している。

先走りの透明な雫が、ロニエの白い太ももに垂れた。

ロニエが、小さく息を呑む。

今から自分に何が起こるのか、明確に理解できてしまったのだろう。

ジャックは注意深く、彼女の様子を窺った。

途中でやめようなんて気持ちは、もうなかった。

ロニエの様子を確認したのは、前準備が十分だったかを確かめるためだ。

緊張と少しの好奇心。彼女の表情に恐怖と苦痛がないことが、たまらなく嬉しい。

ジャックは濡れたそこに先端をひたりと当て、ロニエに向かって笑いかけた。

きっと、痛むだろう。それでも、この瞬間望まれていることが幸せだった。

「ロニエ」

まだ誰も迎えたことがないであろうそこに、ゆっくりと自身を沈めていく。

両腕でロニエを強く抱きしめて、汗ばむ肌に口づけをした。

耳元で、呻き声が上がる。

「……っく、ん、んん」

苦しそうな声に、心が痛む。先端に感じる圧迫感を押しのけて、彼女の内部へと深く進んでいく。想像していたよりもずっと熱く、初めてで硬さのあるそこは、それでも健気に自分を受け入れていく。

途中で怖気づくだろうと思っていたが、彼女はとうとうジャックのすべてを受け入れてしまった。ここまでくれば、ジャックとて簡単には中断できない。

一気に貪《むさぼ》ってしまいそうな己を、必死で律した。まだ狭いそこにゆっくりと押し入って、ようやく奥へといたる。十分に濡れていたとはいえ、きつい。

理性が焼け焦げていきそうだが、それでもロニエの反応を注意深く観察する。特に痛がる動きは避け、代わりに少しでも良さそうな反応が返ってくればそこに集中した。

「あ、ふぁ……ん、んんっ」

思わず、名前を呼んだ。彼女の緑の目は、ジャックを見つめて潤んでいる。

「ロニエ……っ」

赤い唇に、誘われるように自分のそれを重ねた。

何度も口付けながら、時折舌を絡める。

自分の首に回った細い腕から、汗が滴ってうなじへと落ちる。

どちらともつかない興奮の証《あかし》が、シーツへと小さな染みを作った。

ロニエから漏れ出る悲鳴が、徐々に嬌声《きょうせい》へ変わっていく。

細い腰を摑んで、少しばかり動きを激しくした。

しとどに濡れた秘所は、ジャックを歓迎するように蠕動《ぜんどう》する。

痛みに歪んでいた表情は、いつからか快楽に蕩けていた。

腕の中の女の美しさに、息を吞む。

きっとこれから、彼女以上に美しい人を見ることはないだろう。

「や、ジャック、だめ、やだ、あっ……」

ロニエがそろそろ達しそうなことは、感触で理解していた。ぐずぐずに蕩けたそこを何度も行き来して、未知に戸惑うロニエを追い詰めていく。

やがてロニエが一際高い声を上げ、痙攣した。

濡れそぼった秘所が、吐精をねだるようにジャックを締め付ける。

ロニエの蠕動に誘われて、ジャックもそのまま果てた。

中に出すつもりなど毛頭なかったが、ロニエとの交わりに夢中になってしまった。

内心で臍《ほぞ》を噬《か》むが、動揺を見せては彼女のほうが不安になるだろう。

「あ、中……」

どうすべきか逡巡しているうち、ロニエも何が起こったか気がついたようで、二人で結合部を見た。

「すまない」

こうなってしまえば、男側にできるのは謝罪のみである。

確か、この屋敷の近くには教会があった。朝一番に訪ねて、事後避妊薬をもらうしかないだろう。家に戻ったら、たっぷりと寄付金を払わなければなるまい。

ジャックが事後の対応を考えながら謝ると、ロニエは少し考え込んだあと、ふにゃりと笑った。

その表情があまりにも無防備で、ジャックの心臓が跳ねる。

「いいよ。それより……もう一回」

ジャックを抱きしめる細い腕に、力が入った。

彼女の形のいい胸が、自分の胸板に当たる。

自分とロニエを阻む布に、酷く煩わしさを感じた。

「いいのか？」

「もう、何回しても一緒でしょ」

いいのだろうか。しかし、一度ロニエの味を覚えてしまったジャックに、それを拒む意志の固さは存在しなかった。

彼女が望むなら、許されるなら、何度だって繋がりたい。

抽送を再開しながら口づければ、薄い舌が絡んでくる。本能のまま下肢を揺すれば、やがてロニエから甘い声が上がり始めた。

ロニエの中はジャックとの体液でどろどろになって、淫蕩《いんとう》な感触を増している。

舌を絡めながら、下腹部の好いところを何度も突く。

愛らしい声が聞きたかったので、当人の正気が快楽に呑まれたあたりで唇を離す。焦点の合わなくなったロニエの腰を摑んで揺すると、願った通りにあえかな声が漏れた。

もはや言葉ですらない、ただ悦楽を示すだけの音が響くたび胸が満ちる。どちらのものとも知れぬ体液が淫猥な音を立てながら、古いシーツへと滴り落ちていった。

いったい、何度果てたのかわからない。

いつのまにか窓の外は白み始めていて、ジャックは文字通り一晩中ロニエを貪っていたことを自覚した。

ジャックが最後に果てたあと、限界を迎えたロニエはするりと意識を手放した。

弱々しく繰り返される呼吸と、確かな体温がなければ死んでいると思ったことだろう。

硬さを失った分身をロニエの中からずるりと抜く。

白く濁った体液が一緒にこぼれ出て、仄暗い悦びが胸を満たした。

服装を整えてから、気を失ったままのロニエに上着をかける。

本当は自分のもので包みたかったが、ロニエが着ていた上着を使った。

目覚めたときに、ジャックの痕跡など存在しないほうがいい。

そう考えている頭の中で、もう一人の自分がいまさら何をと嘲《あざわら》った。

小娘の挑発に当てられて、とんでもないことをしでかした。

彼女を抱いたのは、どう考えても間違いだ。

昨晩の思い出があれば、自分はきっと生きていける。しかし、ロニエのほうはどうだ。

両親が死んで以来不幸続きだった彼女が、やっと自分の手で人生を再開できるところまでこぎつけたのに。その門出に、自分のような男と関係を持ってしまうなんて。

彼女が信じている愛など、まやかしだ。肉欲があったからと言って、必ずしも愛情が伴うわけではない。そんなこと、自分が一番よく知っていたのに。

まだ恋も知らなかったロニエの、気の迷いにつけ込んだ。

口では殊勝に愛を語ってみせたが、意識を失うまで抱き潰したことこそが、自分の本性を表していた。

結局、ロニエの幸せなど、自分の欲を前にすれば簡単に後回しになってしまうのだ。

もし自分が本当に彼女を想っていたのなら、きっとこんなことはしなかった。

ただ正直に謝って、ロニエが錯覚を悟るまで説明をし距離をおけばよかったのだ。

抱いているうち、自分がロニエにどんな劣情を抱いているのかも理解した。

もし彼女が望むまま一緒に暮らしていれば、近づく男たちをすべて追い払うだろう。

ロニエに触れているときに感じた独占欲は、今も胸の中で蠢いている。

こんな男が傍にいれば、ロニエは本当の恋をするのも一苦労だ。

彼女のこれからの人生に、薄汚い目論見で近づくような男など不釣り合いなのは、最初からわかっていたことだ。

これ以上、関わるべきではない。ロニエもしばらくは悲しむかもしれないが、すぐに自分が不要な人間だったことに気がつくだろう。

ジャックは彼女を起こさないように、静かにその場を後にした。

◇◇◇

瞼の上から光を感じて、ロニエはようやく意識を取り戻した。

痛む身体に鞭を打ち、ゆっくりと起こす。気絶していた間にかけられていた上着が、ずるりと重力に従い落ちていく。ベッドの上に無造作に置かれている下着を見つけ手を伸ばし、姿勢を変えた瞬間に誰のものともつかない体液が自分の中からこぼれるのを感じた。

おぼろげだけれど、何度も中で吐き出されたのを記憶している。

子を宿していてもおかしくはない。

——教会で神官さまに事後避妊薬をもらわないと……。

万が一、子が宿ってしまっては事だ。

自分はまだ、子を育めるほど成熟した大人ではない。

この屋敷の近くに教会があるのを知っている。

両親が健在だったころは、週に一度お祈りをしに家族で通っていたからだ。ロニエにとっては数少ないお出かけの機会だったのでよく覚えている。

ぼんやりとした頭でそんなことを考えながら、ベッドの上を、そして部屋を見回す。

ジャックが――いない。

なんとなく、心が麻痺しているのを感じる。

窓の外で、鳥が鳴く。高く澄んだ笛のような音を聞いて、はっとした。

いつまでも、ここにいることはできない。早くここを去らなくては。

ジャックのことを考えるのは、その後だ。

下着をつけ、シャツのボタンを留める。

意外なことに、服にはほとんど損傷がなかった。着衣のまま身体を繋げもしたため、シワだらけで見られたものではないが。

幸い上着を身につければごまかせそうではある。

そういえば、ジャックはどうやって屋敷に入ってきたのだろう。

ロニエが使った小さな抜け道は、簡単には見つからないはずだ。

不動産屋へ行って正規の手続きを経て鍵を手に入れたのかもしれない。

もしそうなら、不動産屋がちゃんと施錠されているか確認に来るかもしれない。

ロニエはこの屋敷に、不法侵入をしている。見つかるわけにはいかなかった。

それに朝が来たのなら、早々に教会で事後避妊薬を手に入れなければ。

人が多い時間に、裏口から神官を呼ぶのは憚《はばか》られた。

そんなことをすれば、いかにも事情がありそうに見られてしまう。

実際あるのだから、仕方ないけれど。

あらぬ場所が痛む身体を引きずるようにして服を身につけると、ロニエは教会を目指して生家を後にした。


教会に立ち寄ったあと、ボロボロの疲れた身体で乗合馬車に乗った。かなり時間はかかったが自分の住む街へと戻り、廃屋にしか見えない自宅の玄関の前で立ち尽くす。

扉一枚を隔てた向こう側からは、物音ひとつ聞こえない。

予感があった。

きっとここには、もう誰もいない。

覚悟を決めて玄関を開ければ、日に照らされた埃と、テーブルの上でコップに活《い》けられた赤い花だけがロニエを迎えた。

室内はずいぶんとさっぱりしている。元物置部屋だったジャックの私室も空《から》っぽで、見事なまでに彼の私物が消え去っている。

それが示す事実は、明らかだ。

逃げたのだ、ロニエから。

結局、仇《かたき》の娘と添い遂げる腹は決まらなかったのだろう。

挑発に応じて抱いてみたものの、朝になれば頭が冷えたに違いない。

本で読んだことがある。男は一度《ひとたび》〝すっきり〟すれば、別人のように冷たくなるそうだ。

いわゆる、賢者状態。

抱くだけ抱いてから逃げる奴が賢者だというのなら、これからは新節のたびにありがたい説教をくれる老人たちに、腐った卵を投げなければなるまい。

しばらく茫然としていたロニエは、すう、と息を吸った。

「もおおー！」

外に聞こえるのもおかまいなしに怒りの声を上げた。

強引に住み着いたかと思えば、今度は勝手に姿を消す。

しかも、一晩身体を繋げてから。ジャックは知っていたのだろうか、抱き捨てられた上に無言で逃げられた人間が、こんなにも傷つくことを。

いや、知らなかったとは言わせない。

まがりなりにも、結構な時間を一緒に過ごしたのだ。

こんな目に遭わされたロニエがどう感じるかなんて、ある程度見当はつくだろう。

なんたる身勝手、なんたる迷惑さ。

さらに言えば、ロニエも使っていた机や家具は残しているのだから、余計に腹がたつ。

ロニエが戻ってくるまでの時間で、ずいぶん要領よくやったものだ。

ここに住み込んでいた痕跡を消し去ろうとも、ジャックとロニエとの間にあった出来事は消えない。

まさか、初恋の相手にやり逃げをされるとは思っていなかった。

ロニエが望んでいた恋はもっと甘くて、優しくて、素敵なものだったのに。

確かに両親がジャックにしたことは、許されることではない。

ジャックが復讐心を抱くのも当然だと言える。

復讐の矛先を娘であるロニエに向けるのは不当とはいえ、当事者である両親がすでに亡くなっている今、そういう思いを抱くのは無理からぬ話だと思う。

だから、ジャックがロニエの告白を受け入れなかったとしても、それ自体は仕方のないことだろう。

しかしそれは、昨夜の交わりがなければの話である。

——ふざけるな。

ジャックのことを知りたくて、ロニエは両親の残していた記録を探した。

両親の罪深さに愕然としたし、両親の罪をどう贖《あがな》えばいいのか途方に暮れもしたが、それでもロニエはジャックへの気持ちを諦めるつもりなんか毛頭なかった。

今の状況が作為であるとするならば、彼の復讐は見事に成功している。

初めて愛を告げた女を抱いた上で逃げ、恋心をぺしゃんこに踏み潰したのだ。

両親を喪ってから、初めて得た大切な人。

初めて仕事の交渉に成功した夜、飲みなれないシャンパンに酔いつつも、ロニエの心に育っていた想いを伝えた。

そして昨夜だって、拙《つたな》いながらもこちらの気持ちは嘘偽りなく伝えたというのに。

ロニエが望んでいたように、ジャックも一緒にいたいと思ってくれていたのなら。

ジャックがロニエを好いていたというのなら——。

身体の奥からふつふつと湧いてくるのは怒りだ。

このままですますものか。

ジャックは見事に復讐を果たしたのだ。

ならば、今度は自分が復讐をする番である。
ロニエはそう強く心に定めた。

第五章　金と縁

あの日以来、ロニエは猛然と仕事をし始めた。

まずはお金。資金がなければまともな生活はできないし、ジャックのおかげで手に入れた割の良い仕事を失うわけにはいかなかった。

ジャックにすっかり整えられた生活習慣のせいで、決まった時間にお腹が空くし眠くなるのは怠惰《たいだ》なロニエにとって最悪の置き土産だったが、それにもめげず一心不乱に働いた。人体とは不思議なもので、規則正しく健康な生活を送ればまず肉体が健康になり、頭脳労働である翻訳業も捗《はかど》るようになった。

少しずつ収入も増え、まずは食事を切り詰める必要がなくなった。

一年目。三食をきちんととるようになって細かった身体には力が漲《みなぎ》り、風呂で身体を磨くことで常に清潔な香りがするようになり、髪の毛も毎朝ちゃんと梳る習慣がついて艶やかになった。

　二年目には隔月で理髪店に行く余裕もできた。

　編集者との打ち合わせに必要だからと、進んで服も買うようになった。

　正直、おしゃれはよくわからなかったが、店員に教わりながら好みと社会性を合わせた装いをすることを覚えた。

　それだけではない。ロニエはあの、グルナールと縁も切った。

　ジャックが姿を消した後、ロニエに入れ知恵をする人間が消えたと気づいたグルナールは、しつこく付きまとってきた。

　搾取し放題だったロニエが出版社に出向いて直接契約をしたことで、編集者に相手にされなくなっていた彼はそれでも、仲介で得られる金を諦められなかったのだろう。

　ロニエが突如たくましさを見せてきたのは、あの顔の綺麗な青年が同居し始めてすぐのことだ。だから、あの青年が消えたのなら、ロニエは元どおり騙し放題の間抜けな女に戻る。そう、グルナールは目論んでいたようだった。

　しかしロニエとて、もう言われるがままに相手を信じるような子供ではない。

　グルナールと縁を切るにあたり、彼が遠縁ですらなかったことも知った。

両親を失った世間知らずの小娘は、さぞかし騙しやすかっただろう。親切な顔をして残されていた両親の資産を奪い、さらには借金を背負わせ、仕事の報酬さえも搾取するとは。悪魔も羽根を畳んで逃げ出すような、悪徳ぶりだ。

人と争うことをしたことがないロニエがグルナールと縁を切るには、相応の時間と労力を必要としたが「グルナールを挟まずに働けば、三倍の速度で返済できる」と借金取りのディエロを巻き込んで、どうにか縁を切ることができた。

毎日のように訪れては玄関でねばるグルナールに向かって、ディエロが道の向こうからナイフを投げつけたときはロニエのほうが肝を潰したものだったが。

グルナールはディエロが敵に回ったことを察すると、ようやく諦めてロニエの前から姿を消した。玄関の扉には、三つほどナイフの跡が残ったが仕方あるまい。もともと、古くてあちこちにガタがきていた家だった。

出版社と直接契約することになってから、ロニエは翻訳家名を変更した。『グランテール』の名を捨て、『ロギ』という翻訳家名に変えてからさらに翻訳業に精を出した。

ロニエは色々と自己改革し、頑張ったのだ。

すべてはジャックに落とし前をつけさせるために。

そして今――。

数年という月日がかかったが、ロニエはジャックの住む屋敷の前で仁王立ちしている。

今日の服は、ロニエにしては冒険した値段のものである。

紺のカーディガンに、ほんのりと光沢のあるブラウス。

それに深い黒のフレアスカートを合わせ、意識して大人っぽい装いをした。

まだ履き慣れていない、踵の高いパンプスが少々足に痛い。

しかし今から、やり逃げ男に挑むのだ。最高の自分である必要がある。

見上げた屋敷は、ロニエの元家よりもずっと立派な作りだった。

気後れしてしまいそうになる自分を、叱咤《しった》する。

同居していたころからジャックは資産家なのだろうと思っていたが、さすがにこんな大きくて瀟洒《しょうしゃ》な家に住んでいるのは想定していなかった。

姿を消したジャックがどこにいるのかを探す過程で、借金のカタとして売られた彼がどうやって資産を手に入れたのか、どれくらいの資産を持っているのかも知った。

今のジャックには、落とし前のためにロニエが叩きつけようと思っているものなど、砂粒ひとつ程度でしかないだろう。

だが、そんなことはロニエの知ったことではない。

彼だって身勝手な理由でロニエの家に入り込み自由に振る舞ったのだ。

同じことをロニエがして、何が悪いというのか。

ロニエはぎっしりと詰まった大きな鞄を両手で抱え直すと、屋敷の門をくぐった。

突然の闖入者《ちんにゅうしゃ》に門番がぎょっとして侵入を阻もうとするが、無視して勝手に屋敷の玄関を開ける。明らかに淑女《しゅくじょ》然とした服装の女に、暴力は躊躇われる。

誰もがロニエを止めようと声をかけるだけで実力行使に出てこないあたり、屋敷の主人に似たお人好しばかりなのかもしれない。

屈強な庭師が身なりのいい闖入者に触れてもいいものか悩みながら、しかし阻止しなくてはという使命感でついてくる様は、他人事ながら少し気の毒に思えてしまうほどだ。

玄関で老いた家令に呼び止められたが、ロニエが名乗ってジャックに用事があるのだと告げると、少し考えた後にあっさりと中に通してくれたのは不思議だった。

おかげで、ロニエは好きに邸内を探索できた。通る道すべてのドアを開けながら、ぐいぐい奥へと入り込むロニエを中心に、屋敷は阿鼻叫喚《あびきょうかん》の騒ぎとなっていた。


ジャックは書斎で、ゆっくりとページをめくる。

――今度の新刊も、読みやすい。

ジャックはロニエの仕事が順調なことを、本が出るたびに確かめている。

とある出版社で翻訳本を出していた『グランテール』は、ある日を境に姿を消した。

そして入れ替わるように『ロギ』という新しい翻訳家が出版界に現れたのだ。

少し事情を知っていれば、何が起こったのかは簡単に想像がつく。

ロニエはその筆名ごと、グルナールと縁を切ったのだろう。

グルナール。ロニエを搾取し尽くした、汚らわしい中年男。

ジャックはロニエの前から姿を消したあと、あの男を排除しきれなかったことが気になっていた。遺産のおかげで金だけならうんざりするほどにある。

少し時間と手間はかかったが、金の力を使ってグルナールをロニエの住む街から追い出した。どうせ、奴はどこに行っても鼻つまみ者なのだ。追い出したからといって、誰が気にするわけでもない。ならば、ロニエの近くに存在している必要もない。

二度とロニエに近寄ることができないように手を回した。

ジャックには金に物を言わせるくらいしかできないが、自分のやったことが少しでもロニエの助けになっていればいいのだが。

ロニエの新しい筆名であるロギは、かなりのハイペースで本を出している。

ロギの翻訳本ばかり収まっている本棚は、彼女の仕事が順調である証だ。

ずっとロニエの仕事を追い続けているのは、少しでも彼女の存在を感じていたいという思いと、浅ましい期待があるゆえのこと。

ロニエの仕事がもしうまくいっていなければ、援助をして支えたかった。

もちろんジャックからそんな申し出をしても、即座に断られるだろうから、援助するための偽名なんかも考えてある。

時々、いつでもそれっぽい偽名がいくつも出せるように辞書を引いたりもしていた。

あの日から数年経ったが、ジャックが後悔しない日は一日たりとてない。

どんなに謝罪をしても、許されないことをした。

不当な復讐心を募らせて、彼女を騙し貶めようとした。

彼女がその場で許すと言ってくれたとて、到底償えるものではない。

罪の意識はどれほど時間が経っても薄れることはないのに、一人本を読んでいるとき、寝る前にぼんやりと思考を泳がせるとき、ふと理性に反して浮かんでくる思いがある。

騙し、身体を繋げ、無責任にも逃げた。

――彼女は一生、俺のことを許さないだろう。

――だから永遠に、俺のことを忘れないだろう。

そのたびに、胸に走る痛みが甘やかなことが、心底おぞましい。

自分が、己の尊厳を奪い尽くした、あの老女に近づいていくような心地がした。

ふと気づくと、書斎の外が騒がしい。

何か起こっていると判断して書斎を出る。扉を開けた瞬間、何やら困り切った顔をした使用人たちを振り切って、小柄な影が飛び出してきた。

「見つけた！」

張りのある高い声は、驚くほどすとんと耳に馴染んだ。

闖入者の姿を確認する前に、誰が現れたのか理解《わか》ってしまい、動けなくなる。

いったい、何が起こっているのかわからない。

どうして彼女が家の中にいるのか。そもそもどうやって侵入したのか。

混乱と困惑で身動ぎできなくなったジャックに、闖入者は勢いよくタックルしてくる。

重い衝撃に、思わず呻き声が漏れた。

「うぐっ」

「ジャック様！」

悲鳴を上げ駆け寄ろうとする使用人たちに、手を上げて大丈夫だと制する。

もし彼女がジャックを殺しに来たのなら、それを止められると困る。

ロニエには、そうする権利があるのだから。

久々に見た彼女は思い出の中とは変わっていた。

自分が服を与えていたときとは違う、大人っぽいがシックな装い。

鼻腔をくすぐる香水の匂いは、ジャックの知らない銘柄だ。

いったい誰がやったのか、アプリコットの髪は綺麗に結い上げられ、緑の目には強い光が宿っている。昔のロニエとはずいぶん雰囲気が違うけれど、ジャックが感じる愛おしさだけは変わらない。

少し大人っぽくなっただろうか。

ご令嬢といった雰囲気は消え失せて、今は自立したご婦人としての印象が強い。

ロニエはまっすぐにジャックを見上げる。

彼女の瞳が自分を映していると思うだけで、胸にどうしようもない切なさが募る。

感情が爆発して目が潤みそうになるのを、必死でこらえた。

来訪理由は不明だが、感極まったジャックを眺めに来たわけではないだろう。

なんにせよ、固唾《かたず》を呑《の》んで闖入者と主人を見つめる使用人たちの前では、どんな会話も落ち着いてできそうにない。場所を変えるべきだ。

「……ともかく、中へ」

ロニエはジャックの提案に頷いた。

書斎へと招き入れて扉を閉める。

決して入ってくるなと、使用人たちに言っておくのも忘れなかった。

いつも昼寝がしたくなったら使っているソファに、ロニエを座らせる。

自分の部屋に彼女が現れるなど、想像したこともなかった。

攫《さら》ってきたロニエを、自分しか入れない部屋に監禁する妄想は何度もしたが。

まさか空想ではない本物の彼女に、再び会える日が来るとは。

彼女の向かいに椅子を持ってきて座る。

「ロニエさん」

確かめるように名前を呼ぶと、ロニエは穏やかに応じた。

もうすっかりと、自立した大人の表情だ。

彼女の成長を喜ぶべきなのに、自分の知らない時間を思ってじくじくと胸が痛む。

「久しぶり。ジャックはこんな家に住んでたんだね、思った通りお金持ちだった」

「俺が稼いだ金じゃあ、ありませんけどね……。その…お元気でしたか？　今日は何の用で……」

ジャックは掠れる声で来訪の目的を尋ねた。

ロニエは長い髪を揺らし、膝の上に上品に乗せていた鞄をそっとジャックに手渡す。

シンプルな鞄は、ずしりと重たく妙な迫力があった。

「開けて」

その言葉に従って中を確かめると。そこにはみっちりと紙幣が詰まっていた。

重さや把《たば》の数から察するに、取り出して数えればかなりの額になるだろう。

「これは……？」

「遅くなってごめん。そっちでも数えてほしいけど、ジャックが買い取られたときの値段分が入っているはず」

ロニエが何を言っているのかわからない。

どうしてそんなものを手渡されたのか。

そもそもこんな額の現金を女性一人で持ってきたとは、無用心すぎる。

いくらこの辺りは治安がいいとはいえ、中身のことが知れればよからぬことを企《たくら》む輩《やから》も出てきただろう。彼女に降りかかる可能性があった不幸を考えて、肝が冷えた。

「両親は死んでいるから人身売買の罪には問えないけれど、賠償金と思ってほしい」

「当時のあなたは子供だったはずだ。関係ない」

確かに彼女の両親には罪があるが、それを贖うために罪のないロニエが賠償金を払う必要はない。無関係のロニエを欺《あざむ》いたジャックこそが、賠償金を支払うべきだ。

ロニエはジャックの言葉に特に相槌もなく言葉を続けた。

本題はそこではないと言わんばかりのロニエに、ジャックもとりあえず耳を傾ける。

「それで、ここからが本題なのだけど。ジャックが幼少期に受けた仕打ちは、お金では償えないものだと思う。でも関係者がみんな死んでしまった以上、私にできるのはこれくらい。これは自分の借金を返したあと、精一杯働いて稼いだお金です。色々思うことはあると思うのだけれど、これでチャラにしてほしい」

「チャラ？」

「だめ？」

可愛く小首を傾げられ思わず頷きそうになったが、頷くわけにはいかない。

チャラにするも何も、ロニエには何も罪はない。悪いのはどう考えても、無関係なはずのロニエに因果《いんが》を見出し、貶めることを目的に近づいたジャックだけだ。

「あなたが償う必要など何もありません。……俺は嘘を吐いていました。あなたの両親への憎悪をあなたで晴らそうとして家に入り込み、生活を乱した。たとえ最終的に実行しなかったとしても、俺はあなたに許してもらえるような存在じゃない」

自分が何を考えてロニエの家に行き、何をしようとしていたのか。ジャックは正直に告白した。生活をサポートしたのも、ロニエを飾りたてたのも、仕事を後押ししたのも、親切心などではなく、復讐しがいがない状況を覆したかっただけだということを。

ロニエに尽くしたのは、手酷く裏切るための下ごしらえに過ぎなかった。

正直に話すことで、贖罪をしようとしているわけではない。

ただ、ロニエは知るべきだと思った。性懲《しょうこ》りもなくジャックを追ってきて、あまつさえ金を渡してくるような世間知らずの彼女は、しっかりと自分の身に起こったことを理解したほうがいい。目の前の男が、どんなに不誠実で、愛を贈るよりも軽蔑するのがふさわしい人間であるか、彼女は理解すべきだった。

ロニエは表情を変えぬまま、黙ってジャックの話を聞いている。

語るうち、彼女に告げることのできない想いが、胸に湧きあがってしまう。

最初のうちは最底辺の生活をしているロニエに驚き、そして憤慨した。

自分の憎しみは、こんな人として底辺の生活態度の人間相手に晴らせるものではないと思ったから。

そして復讐のための下ごしらえをしていくうち、自分へ無防備に信頼を寄せ始める姿や、明らかになっていく彼女の美しさに、心が動かされた。

本にしか興味がなく、他者との関わりを避け、何かと自信のなかったロニエが、ジャックの手によって磨かれていくのがたまらなかった。

途中からは「復讐のため」と自分に言い聞かせなければ、忘れてしまいそうになるほどに彼女へ尽くす日々にのめり込んでいた。

今まで興味を持たなかった社会についての勉強を半泣きになりながらも、必死に頑張る姿がいじらしく、それが成果となったときの誇らしげな表情に心を奪われた。

ロニエにとっては初めて現れた親切な人間に対しての、感情の誤認でしかなかっただろうが、初めてのシャンパンに酔って「好き」だと言葉にされたとき、ジャックがどれほど浮かれたことか。

自分を飼っていた女主人や変態たちを相手に得た手練手管など、ロニエの前では何ひとつ役に立たなかった。

過去の発覚で関係が変わってしまうことを恐れ、卑怯にもすべてを隠そうとしたのだ。

自分が復讐しようとしたことなどなかったことにして、あわよくばロニエを言いくるめて一緒にいる権利を勝ち取ろうかとさえ考えた。

だからこそ、過去が暴かれたと理解した瞬間、ジャックは恐怖した。

ロニエに軽蔑されるのも、自分の境遇を哀れまれるのも、ましてや彼女の両親の罪のせいで彼女が離れていくだろうことが恐ろしかった。

お人好しのロニエが自分の汚さを理解する前に、完全に姿を消してしまいたかった。

「……罪のないあなたに、酷いことをしたのは俺です。本当に償うべきは、俺の――」

ほうだ、という言葉は乾いた音に遮られた。

後ろめたさに彼女をまっすぐ見ることができず、目を伏せて話している間に、すぐ近くまで接近したロニエに頬を叩かれたらしい。

「じゃあ、そっちはこれでチャラで……人を叩くのって、手が痛いのね」

片手をさする彼女を見ながら、ジャックは事態を呑み込めずぽかんとする。

こんな程度の痛みで、消せるようなことではない。

まったく理解できていなそうなジャックを見て、ロニエは意地の悪そうな形に眉毛を歪め笑った。初めて見る表情だ。可愛い。

「わかっていなそうだから説明してあげる。長い長い話になるけど、よく聞いてね」

ジャックは彼女の柔らかそうな唇から、滔々と語られる説明に耳を傾けた。


ロニエが語る数年間に、ジャックはただただ驚き聞き入っていた。

怠惰で世間知らずだったロニエが、ここまで頑張るなんて。

密かに様子を窺っていたので大筋は把握しているつもりだったが、本人から伝えられると実感が違う。ロニエはこの数年で、目覚ましいほどの成長をしていた。

「本当に、変わったんですね」

もちろん、いい方向にだ。

感嘆するジャックに向かって、ロニエは心なしか胸を張る。

今日は気合をいれるために、髪は時間をかけてアレンジした。

ジャックの目に映っているロニエは、今までで一番の美しさだろうと自負している。

「服だって自分で買えるし、髪だってもうこれくらいなら余裕でできるんだから」

後半は嘘だ。ヘアセットは、かなり頑張った。

小首を傾げて向かいを見ると、ジャックも小首を傾げて口を開く。

ロニエのテンションに、まだついていけていない。

「ええと……似合っています」

「もう一声！」

「もう一声!?」

「久々に会った私に、ほかにも言うことがあるんじゃない？」

「す、すみません……？」

「謝罪はさっき聞いた！」

ロニエが吠《ほ》えると、ジャックの肩が跳ねた。まるで、か弱い小動物のようだ。ロニエよりいろんな意味で強い立場のくせに、そういう振る舞いをするのはやめてほしい。

最後の日は人の話を一切聞かないクソ野郎だったのに、今のおどおどとした態度は、どうだ。人間、予想外の展開には弱いらしい。

目の前でくるりと回って服装をよく見せると、ジャックはやっと何かを察したようで、おずおずと口を開く。

「お、お綺麗です」

「ヨシ！」

満足いく言葉をもらえたので、ロニエは両手を腰に当ててそう言った。

その様子を見て、ジャックもひとまずは安心した顔を見せる。

こんなにも、弱々しい人だったろうか。

相変わらず物腰も柔らかで、年を重ねたぶん美貌に磨きがかかってさえいる。

——どの角度から見たって被害者は私なのに、お前が小動物になるな。

これではまるで、ロニエがいじめているみたいではないか。

「ジャック様、大丈夫ですか!?」

突然、背後の大きな扉がいきなり激しく叩かれる。
先ほど押し通ったときに、ロニエを囲んで困っていた使用人だろうか。
闖入者と自分の主人が部屋にこもったままなのが、心配なのだろう。
心配しなくても、ロニエは丸腰なのでジャックが怪我《けが》をする恐れはない。
せいぜい、叩いた頬が赤くなっているくらいだ。
しかしそれが明るみに出ると、ちょっと怒られるかもしれない。
警吏に通報されていたら、どうしよう。
「問題ない、しばらく離れていてくれ」
朗々《ろうろう》と通る、威厳のある声だった。
人に命令をし慣れた口調は、まるで知らない人のようである。
ジャックは一度も、ロニエに向かってそんなふうに話したことはない。
ロニエにはとことん弱腰な男の、強気な部分を不思議な気分で眺める。
使用人はジャックの言葉に従って、扉を叩くのをやめて部屋の前から離れたようだ。
扉越しに感じた人の気配が消えて、室内は静けさを取り戻した。
静寂の中、ロニエとジャックの視線が交わる。
しかし、すぐにジャックは紫の目を卑屈《ひくつ》に伏せた。

「それで、俺はあなたに何をすればいいんですか？」

まるで怪我をした小鳥のような態度に、ジャックの中のロニエが色褪せていないことを確信する。後ろめたさでいっぱいで、まともにロニエのことを見られないのだ。

この数年間、ずっとロニエのことが頭から離れなかったに違いない。

ふと室内に視線を向ければ、壁に備え付けられた大きな本棚にはロニエが翻訳した本がずらりと並んでいた。手がけたものはすべてある。『ロギ』名義のものだけでなく、『グランテール』名義のものまで揃っている。

そこまで昔のものは、手に入りにくくなっていたはずなのに。

本棚にジャックのロニエへの執着を見たような気がして、ロニエの心は勢いづいた。

数年間ずっとずっと言いたかった言葉をやっと告げることができる。

逃がしてなどやるものか。

「私、落とし前をつけに来たの」

「それ、さっきも言っていましたね。いいですよ、あなたにはそうする権利がある。まずは何をしましょうか、謝罪？　言葉でも金でも、腕でも足でもすべて差し上げます。どうぞ、何でも言ってください」

なんと捨て鉢な態度だろう。

気に入らないが、ロニエの目的には都合がいいので聞き入れることにした。

目を逸らすジャックの元に歩み寄ると、彼は狼狽して立ち上がる。

逃げられないように、品のいい臙脂《えんじ》色《いろ》のネクタイをぐっと掴んでやった。

無造作に引っ張ると、意外と筋肉のある身体が傾《かし》ぐ。

ジャックは背が高いので、同じ角度で目を合わせるのにも苦労する。

思いっきりやってみたのだが、途中でそれ以上傾かなくなった。引っ張りすぎたロニエを下敷きにして倒れないように、ジャックが踏ん張った結果であるらしい。

つま先で立てば唇が触れてしまいそうな距離感で、紫水晶のような目の奥の奥まで見通すつもりで睨みつけた。

「何が欲しいかって？　全部よ、全部！」

ロニエが具体的に何を求めているのかがわからないらしく、ジャックは瞳に困惑と不安の色を乗せる。

「あなたは私の初恋だったの。私の初めてできた好きな人だったの。大事にしたかったのに、私たちの間にある問題を話し合うべきだったのに、一方的に自棄《やけ》を起こして……！こんな傷、お金でも謝罪でも癒えるわけないじゃない。時間薬でも無理！」

時間が心の傷を癒してくれるとよく本にも書かれているが、ロニエにとっては嘘っぱちだった。

「一生かけて、ジャックが償って。やり直しを要求します。私のいたいけな恋愛に対する夢を、ちゃんと叶えてちょうだい」

ロニエはきっぱりと言い切った。

もう少しマシな口上を考えていたはずなのだが、気がつけば思いのままに口走っていた。ネクタイを握る手に力が入りすぎて、ツヤのある布地はしわしわになっている。

自分がどんな恋愛を夢見ていたかも、きちんと説明してやった。

何もかも初めての、乙女の恋心を粉砕したのだ。責任回収を要求して何が悪い。

「……やり、なおし……？」

ジャックはお化けでも見たかのように、目を見開いたまま動かなくなった。

眼前でひらひらと手を振ってみるが、微動だにしない。

「おーい？」

「ロニエ、さん……その言い草だと、まるでプロポーズみたいですが」

「逆に、プロポーズじゃなかったら何なのよこの長台詞」

ロニエの一世一代の告白を〝まるで〟とか〝みたい〟なんて言葉で修飾しないでほしい。

この男はもしや、モテすぎたあまりに鈍感なのだろうか。

ロニエは正真正銘、プロポーズをしたつもりである。自分が常識から外れたことを言っているのは理解していた。

普通やり逃げされた人間は、した相手と添い遂げたいなんて思わない。

でも、仕方がないではないか。

悲しみや苦しみより、怒りが勝《まさ》ってしまったのだから。

自分の初恋を、勝手に粉々に砕かれた。

ジャックにはちゃんと、一生かけて弁償してほしい。

「……本気で言っているんですか」

「おふざけで、こんなところまで乗り込んでこない」

どうしてここまで、呑み込みが悪いのだろうか。

まったく響いていない雰囲気に、不安になってきた。

昔は不気味なくらいロニエを理解している様子だったのに。

ジャックはロニエに未練があるだろうと思っていたのは間違いで、彼には罪悪感はともかく恋情はとっくになくなってしまっていたのだろうか。

一度そんなことを考えると、さっきまで胸の中をぱんぱんにしていた勢いがしぼみ始めてしまう。

もしジャックがもうロニエを愛していないのなら、さすがにこの暴挙は恥ずかしい。本棚にある自分の翻訳本を見ていけると思ったが、単に本自体に興味があるだけだったのかも。

「…………まだ、私のことが好きだと思ってたんだけど。勘違い？」

意気消沈したロニエが眉を八の字にして首を傾げると、言い切る前に視界が真っ暗になってしまった。精神的なダメージによる現象かと思ったが、違った。

瞬きの間に、ジャックの腕の中へがっちりと閉じ込められてしまったらしい。

温かくて、懐かしい匂いがする。

「俺があんたのことを、諦められるわけがないでしょう……！」

加減を忘れたジャックのせいで、ロニエの足はちょっと浮いた。

しばらく離れているうちに、体格差のことを失念してしまったらしい。

全力の抱擁は嬉しかったけれど、肉体のほうは悲鳴を上げている。

「ちょ、ジャック……苦しい」

「すみません！」

ロニエの言葉にジャックはうろたえて、いきなり離れた。

勢いよく手放すものだから、反動でロニエも若干後ろによろけてしまう。

突然勢いよく動くのは、やめてほしい。

ロニエはひとまず新鮮な空気を吸ってから、再びジャックの目を見た。

今度はがっちりと、視線が絡み合う。深呼吸をしたジャックが意を決した眼差しで、口を開いた。

「一生、全身全霊をかけて、あなたに幸せな恋を差し上げます。だからロニエ、俺と結婚してください」

「……っ！」

ロニエを見つめるジャックの目はまっすぐで、その言葉が嘘や冗談ではないことがわかる。けれど、自分で要求しておきながら、ロニエは正直にわかには信じられなかった。

「本当に？」

「俺はもう嘘は吐きません」

じわじわと、嬉しさが湧いてくる。

少しは真面目な顔をしようと思ったのに、顔面が言うことを聞かない。

結局笑み崩れてしまったので、その顔を見せないために彼の胸元に抱きついた。

「うぐっ」

頭上で苦しそうな声が聞こえたが、かまわず顔をぐりぐりと押し付ける。

こうでもしないと、嬉しすぎて暴れそうだったからだ。

ジャックの温かい手が、なだめるように背中を叩く。

「………嬉しい」

「まったく、俺に都合が良すぎて夢かと思いますよ」

ずいぶんと疑り深い。この男は、どうすれば現実を受け入れられるのだろうか。ロニエが懸命に努力した数年間を、夢で片付けられると困る。

「どうすれば信じられる？」

見上げると、顔を逸らされた。

「ジャック？」

呼んでも反応はない。ただ、髪の隙間から見える耳が明らかに赤い。

思い立って胸元に耳をつけると、ドクドクと心臓の音が聞こえた。

密着されて気まずいのか、ジャックがさりげなく後ろに下がろうとする。

逃げられれば追いたくなるのが、人間の性《さが》だ。

ジャックの動きに合わせてそのまま密着状態を継続していると、下腹部に妙に温かいものが触れるのを感じた。基本が引きこもり生活なせいで柔らかい腹に、馴染みのない硬い感触が当たっている。なんだろうと考えてから、思い出した。

そういえばずいぶん前に一度、この感触を覚えた記憶がある。

「…………あ」

ロニエが気づいたことを察したジャックが、頭上で言葉にならない声を漏らす。

「言っときますが、俺は普通ですからね。好いた女に密着されて、人並みに性欲がある男は基本的にこうなるんです。決して、俺が節操なしとか性欲のことしか頭にないとかそういうことではないんですよ」

妙に早い口調で、ジャックが言い募る。

言っていることの正当性は、ロニエにはよくわからない。とにかくジャックは、気まずそうな様子で必死に釈明をしている。なんとなく、服の上からそれに触れてみた。

ロニエの予想外な動きに動揺したジャックが、間の抜けた悲鳴を上げる。

「何するんです！」

「そこにあったから、つい」

「つい、で触るようなものじゃないんですよ……っこら！」

窘《たしな》められてしまったが、そんなことでロニエは止まらない。布の上からでも触ればだいたいの形がわかるそれに、触れるたびジャックの身体に力が入る。

自分の手に明らかに反応するジャックの姿を見ていると、ロニエの中に湧き上がってくるものがあった。指先の感触は、熱さと硬さを増している。

確か、前はさらにもう少し硬くなった。

「………誘ってるんですか？」

「そうかも」

やっと捕まえた恋しい男に、触れずにはいられない。

彼が本気で嫌がっていないと踏んで、ロニエは手を離さなかった。

見上げると存外切羽詰まった表情のジャックがいて、お互いに無言で唇を合わせる。そうするのが、当たり前だと思ったから。何度か唇で触れるだけの口づけをした後、ジャックの温かい舌がするりと入り込んできた。

「ん、ふ……」

腰に、ジャックの片手が触れる。背筋にぞくぞくと快感が広がった。

もうずっと、求め続けていた手だ。うっとりと目を細め与えられるものを享受していると、さりげなくソファに誘導される。

一足先に座ったジャックの、硬い膝へとロニエは乗せられた。

向かい合わせに抱き合っていると、自分の脚の間にさっきの感触が当たる。

ジャックの膝に乗せられた状態で、お互い夢中で舌を絡め合った。

「あ……んんっ」

ぬるぬるした感触が、脳髄を痺れさせる。ジャックの綺麗な頭を抱えて快楽に震えると、胸元でジャックが笑う気配がした。スカートの中で脚を撫でていた手が、後ろから下着の中へと入り込んでくる。指先で触れられたそこから、卑猥な水音が響いた。

すでに彼が欲しいと主張する入り口を無視して、内部から溢れた潤みを塗りつけるように弄ばれてしまい、過ぎた刺激に身体が勝手に逃げようとした。それをジャックが許すはずもなく、ロニエの引けた腰はすぐにもう片方の手で固定されてしまう。いなしようのない快楽の波が、身体の中でせり上がってくる。

「ん、あっ、ふぁ、ん……」

あまり大きな声を出せば、外に聞こえてしまう。きっと、使用人たちは何が起こっているかを悟るだろう。それはロニエにとっても、さすがに恥ずかしい。しかしロニエが必死で声を押し殺しているのに、ジャックは遠慮なく気持ちいいところに触れ続ける。

自分でもわかるほど濡れたそこから、太ももに体液が伝った。

目の前にあった喉仏が、上下するのが見える。

ロニエは本能の命じるまま、ジャックの首に抱きついた。

耳元で、熱い吐息を感じる。自分と同じように、ジャックも昂《たかぶ》っているのだ。

それが嬉しくて、ジャックの頬に軽くキスをした。一度では足りず、二度三度も。

何度も唇で触れていると、再びジャックが唇を合わせてくる。

今回は、当たり前のように舌が入り込んできた。ロニエはこのキスが結構好きだ。

恋人とするらしい行為は、ジャックと自分が特別な関係なのだと実感させてくれる。

だんだんと、コツもわかってきた。うまく呼吸をいなしながら、自分からも舌を絡める。

夢中になっているうち、いつの間にか上半身の服もはだけさせられている。

相変わらず、手際がいい。

胸先を片手で弄ばれて、つい声が漏れた。

逸《はや》る気持ちにまかせ、ジャックの胸元を開けていく。着痩せするようで、シャツから露になった胸板は厚い。実用よりは美しさを優先したような仕上がりの肉体は、ロニエにとっても魅力的に見えた。

抱きしめ合えば、肌と肌が触れ合う。

汗ばんだ感触に、息を呑んだ。広い書斎の中で、二人の息遣いと衣ずれの音が響く。

たくましい鎖骨に唇を這わせると、丁寧に結った髪を片手で撫でられた。

「解いていいか」

「どうして？」

せっかく一生懸命セットしたのに、なぜ解こうとするのか。

そんな気持ちを込めて問いかけると、ジャックは眉尻を下げてロニエを見た。

「ちゃんと、あとで俺が綺麗に結うから」

「本当?」

「ああ」

指通りのいいアプリコットの髪を楽しみたかったのもあるが、自分以外の誰かがこの髪に触れたという証を消し去ってもしまいたかった。そんなジャックの事情を、ロニエは知る由《よし》もない。そもそも、この髪を整えたのはロニエ自身だ。

しかしロニエにとっても、申し出は魅力的だった。ジャックは器用だし、あとで髪を任せるのも恋人っぽくて大変良い。頷いてみせると、複雑に固定していた髪は一瞬で解体されてしまった。その慣れた動きの意味を考えて、少々ムッとする。

今後、自分はジャックの近くに女が寄るのを許せるだろうか。

アプリコットの髪を一房手にとって、ジャックがキスをする。

昨日丹念にケアしたそれからは、花の匂いがふわりと漂った。

「考えごと?」

「ううん」

徐々に緊張し始めた自分とは裏腹に、余裕のあるジャックが恨めしい。

腹立ちまぎれに首を甘噛みすると、くすくす笑われた。

「ちょっと」

「すみません、あまりにも可愛らしいものだから」

ジャックの来歴を考えれば、ロニエがどれほど背伸びしても微笑ましく映るのだろう。

ロニエはこんなにもいっぱいいっぱいなのに、不公平だ。ジャックのズボンの、不自然な膨らみに手を伸ばす。さっき触れたときよりもさらに、熱くて硬い。

突然の刺激に、ジャックが息を詰まらせるのがわかった。

自分のことは放置して、相手に奉仕し続けていた彼の気持ちを、少し理解する。

愛する相手が、自分の行為で気持ち良くなっていると思うと、嬉しい。

「触っていい？」

しっかりとした布地の中で窮屈そうに身を封じているそれを、爪の先でカリカリと軽く引っ掻いた。ジャックの色素が薄い肌が、赤く染まる。

「どうぞ……」

なぜか大変恥じらわれてしまったが、許可をもらったのでジャックのズボンを寛《くつろ》げる。

下着をずり下げると、熱を持った塊《かたまり》が待ちかねたように勃《た》ち上がった。

冗談みたいに綺麗な顔をしているのに、ここはわりと肉っぽい。ロニエの手の全長を越える長さをしているが、本当にこれがあの夜自分に入っていたのだろうか。

「あまり見ないでください」

弱々しく懇願されてしまったので、凝視の時間はおしまいにする。生々しい色のそれに手を添えて、ふにふにと揉んでみる。骨がないとは信じがたいような硬さなので、ほとんど指は沈まないが。これをどうやって触れば、ジャックは気持ち良くなるのだろう。

無言で展開を見守っていたジャックを見上げると、苦しそうに歪んだ紫の目と視線がかち合った。

「え、ごめん。痛かった？」

女性のそれ同様、男性器というのも繊細な部位なのだろう。今のは少々、乱暴だったのかもしれない。慌てて手を離すと、そのままジャックに摑まれてしまった。

「ジャック？」

何がしたいのだろうか、ロニエは不思議に思って声をかける。眉根を寄せた青年は、ロニエの手ごと自分の竿を摑んだ。さっきのようなやわやわとした持ち方ではなく、ロニエがイメージしていたよりもずっと力がこもった状態で、二人の手が上下される。

手のひらに感じる熱さに、今度はロニエが赤面した。

「あ、はぁ……ロニエ……っ」

耳元で、欲情しきったジャックの声が響く。握り締められた片手の中では、彼の欲情の証が血管を浮かせ、ロニエの感触を一心に楽しんでいる。血色のいい先端から、透明な滴が溢れた。それが潤滑剤になって、二人の手がスムーズに動くようになる。

ロニエは手のひらで、肉棒が脈打つのを感じた。あの夜に、何度となく感じた動きだ。彼の果ての、近いことが嬉しい。ジャックの息は荒く、時折耳を打つ自分の名前が心地いい。切ない声音で呼ばれると、つい気分が昂ってしまう。

「あ、あぁ、ロニエ……もう……っ」

その先は、言われずとも理解《わか》っていた。動きが激しくなる手に思い切り力を込めて、ジャックの手を止める。もう少しというところで邪魔をされたジャックが、紫の目を見開いてロニエに視線を向けた。向かい合うロニエは、意地悪く笑う。

「ジャックだけイクなんて、ずるい」

そう言ってから、ロニエは下着を左右でつなげていた紐を解く。

今日はいろいろと、準備万端で来たのだ。目の前で小さな布がソファに落とされるのを見て、ジャックは喉仏を上下させた。叶うことなら、一刻も早く繋がってしまいたい。

しかしロニエが不慣れなことを思えば、それは負担が大きすぎるだろう。

だから、自分が達した後は丁寧に丁寧に慣らしていこうと思っていたのに。
直前で寸止めされたあげく、この誘惑だ。耐えられない。
「……痛いかもしれませんよ」
それでも、警告だけは一応した。ロニエはそれも承知のようで、ジャックの言葉に少し
頬を染めながらもこくりと頷いてみせる。
可愛い。妄想の中で何度も抱いた彼女の、さらに上をいく愛らしさだ。
ロニエが耐えられなそうだったらやめよう。きっと、すごくこちらは辛いだろうが。
そう心に決めて、ようやく彼女の細い腰を両手で持った。
熱を持った杭が、ロニエの内部をごりごりと擦っていく。奥の奥まで彼を招き入れて、
達成感の息を吐いた。ジャックの首へ腕を回し、全身で彼を感じる。
耳元で、ジャックが小さく呻いた。
「何？」
ロニエが聞き返すと頬を染めたジャックが、むっつりとロニエを睨んだ。その表情こそ
険しいものの、怒ったりしている様子ではない。
ジャックが悩ましげに眉をゆがめる顔は、妙に艶かしい。
瞬間、一番深いところまで貫かれる。

突然の強い快楽の感覚に、悲鳴じみた嬌声が出た。

「ひ、ぁっ……！」

ぐりぐりと奥を苛《さいな》まれて、思わず身体が逃げようとする。

ジャックの腕がロニエをがっちりと閉じ込めていたので、それは叶わなかったが。

逆光の中で、彼が見慣れた笑顔を浮かべるのがわかった。

異物感と圧迫感は薄れ、中を擦られるたびに身体の芯に淫靡な熱が溜まる。せり上がってきた限界の気配にジャックを強く抱きしめると、なだめるように頭を撫でられた。

「大丈夫、呼吸することだけに集中して」

耳元で囁かれるまま、細かい思考は放棄する。

ロニエの中の柔らかい場所をごりごりと刺激していくそれに、波のように思考を侵していく快楽に身をまかせる。ジャックはロニエを強く抱きしめたあと、一際深い場所へと肉棒を押し込んだ。

待ち焦がれていたそれが、ロニエの理性を砕いていく。

「……っん、あ、あぁっ、あ――」

最後は声を失って、思考が真っ白になっていくのにまかせた。

同時に、ジャックがロニエの中に欲望を放つのを感じる。

しばらくの間、お互いに無言で荒い息だけが室内に響いた。

ジャックの胸板が、ロニエの汗ばんだ胸に触れる。

「……ね、夢じゃないでしょ」

心地よい満足感に浸りながら、話しかける。

妙に誇らしげなロニエに、ジャックは苦笑を返す。

「これが夢だったら、俺は死ぬしかないな」

ジャックは自分の腕の中の存在を確かめるように、ロニエを強く抱きしめた。

エピローグ

「それで、今はこうして仲睦まじく暮らしてるんですか」

「そういうことになるかしらね」

お気に入りの紅茶を飲みながら、ロニエは頷いた。

長話の間にすっかりと冷めてしまったが、むしろそれがありがたい。

最近ロニエの担当になった、若い編集者が興味深げに感嘆した。

若い彼女は好奇心旺盛で、ロニエのこともよく知りたがる。

ロニエ自身もたまのお客との会話なので、ついつい饒舌《じょうぜつ》になってしまう。

「はぁぁ、波乱万丈というか、なんというか。出版すれば、ちょっと話題になりそうですが。……どうです、出版しちゃう気はないですか」

「ないですよ、私は翻訳家であって小説家じゃないし」

彼女が、はああ、とまた息を吐く。

そもそも、自伝を書く暇がいったいどこにあるのだ。

ロニエから原稿を受け取った彼女は、すでに次の依頼を用意している。手持ちのカバンから、分厚いハードカバーの本も覗いているのが見えた。

ロニエが結婚して住む街を変えても、ありがたいことに仕事は途切れていない。

応接室の、扉が開く。

音に反応した編集者が背後を振り返り、きゃぁと高い声を出した。

そろそろ中年期に差し掛かろうというのに、ジャックは相変わらず人の心を奪う。

「お茶のおかわりを持ってきたんだ、まだおしゃべりするんだろう？」

「はい、ありがとうございます！」

おしゃべりではなく、基本は仕事の打ち合わせなのだが。今日はロニエとジャックの馴れ初め話でほとんどの時間を費やしてしまったので、反論はしないけれど。

空になったポットが回収され、新たなものがテーブルの上にことりと置かれる。

細かな柄が描かれたそれは、ジャックのお気に入りだ。本人に客が来ることは滅多にないため、ロニエの客人にいそいそと見せびらかしている。

そう言ってロニエにウィンクしたあと、ポットを持って立ち去っていく。

「じゃ、頑張って」

目撃した編集者から、また高い声が出た。

「ほんっとうに、素敵な方ですよねぇ」

ため息混じりで褒め称えられたが、ロニエは知っている。

あの男、自分の顔がまだ世の中で受けがいいことを、把握しているのだ。

そして屋敷の中で美貌を振りまく相手がロニエしかいないため、たまに来た客にむやみに振りまいているのである。

客商売でもして儲けにつなげればいいのにと思うが、本人は有り余る資産があるせいで、その気はない。

お金を稼ぐより、ロニエのサポートをするほうが気質に合っているそうだ。

不器用で家事が苦手なロニエにはよくわからない感覚だが、助かっている。

家には使用人がいるのに、ジャックは週に三度はご飯を作る。必要にかられて身につけたのだと本人は言っていたが、家事をするのは趣味なのだろうと思う。

プロの料理人が作ってくれるものよりは素朴だが、ロニエは彼の料理も大好きだ。

「本当に、出版する気はないんですか？　ジャックさんの絵でもつければ、飛ぶように売れるかと思うんですが」

「ジャックの絵だけ売れればいいじゃない」

そもそも、ロニエたちの関係はたまたまうまくいったというだけだ。

人身売買の被害者が加害者の子を陥れようとして、逆に自分がはまってしまうなんて。恋物語として出すには倫理が捻じくれているし、犯罪実録として出すにはすっきりしないオチだ。二人の物語は、こうしてお茶請け程度に語るのがちょうどいい。

しかし彼女はまだ納得がいかないようで、微妙な顔をしている。しかし、さすがにプロである。ロニエの意思が固いことを察して、次の案件についての説明を始める。

今回の本も興味深く、心が躍《おど》った。

グルナールを通さないで仕事をするようになってからは、献本をもらうことも楽しみのひとつになっている。さしたる懸念事項もなく、次の依頼の話もまとまった。

編集の女性を、玄関までお見送りする。

丁寧に別れの挨拶をする彼女を、ジャックと二人で扉までエスコートした。

思えば、騙されてばかりの人生だった。

親に偽られ、自称親族に騙され、グルナールにも騙されていた。

極めつけに現夫すら、最初は騙すためにロニエの前に現れたのだ。

振り返ってみると、なかなかハードな人生ではないだろうか。

「ロニエ?」

編集が去ったあと、しみじみとジャックを眺めていたら首を傾げられてしまった。

多少歳を取っても彼の美貌は衰えず、あざとい動作がよく似合う。

目が合ったついでにキスをすると、初々しく頬を赤らめられてしまった。

「どうしたんです、急に」

「いや、ちょっとしたくなったものだから」

口づけを、のつもりの言葉だったのだが。

ジャックは、そうは取らなかったらしい。

さっきまで少年のように初心《うぶ》な表情をしていたくせに、紫の目が途端に妖《あや》しく細まる。

年齢を重ね少しごつくなった手が、ロニエの腰をするりと撫でた。

長年の暮らしで、お決まりになった〝お誘い〟の仕草だ。

ロニエもジャックの腕に手を添えて、了承の意を伝える。

「今日はご機嫌ですね」

「そう見える?」

今でも時々、思うのだ。

ジャックがこうして与えてくれる愛情が、舞い込んでくる仕事が偽りであったらどうしようと。

しかし、もう縮こまるつもりはない。

ロニエは自分の仕事で、世間を渡っていく自信を手に入れた。

ジャックに裏切られるのは恐ろしいけれど、それでも――。

もし再び裏切られることがあったとしても、ロニエは何度でも彼に落とし前をつけさせるだろう。

日も高いうちから二人で寝室へ入りながら、密かに心の中でそう嘯いた

あとがき

復讐お耽美ヤンデレものを書こうとした。鳥下《とりのした》ビニールです。こんにちは。

ソーニャ文庫様では、初めて小説を書かせていただきました。

紙の本で書き下ろしを書く事はなかなかないので緊張したものの、一生懸命やってみました。楽しかったです。

ズボラな女と、よく言うと頑張り屋な男のラブコメ、なかなか気に入ってます。

これを読んでいる読者の方々にも、気に入ってもらえるといいんですが。

普段は大男を喘がせる話ばかり書いているのですが、こういうのも楽しいですね。

色々初挑戦の要素ばかりで、ずっと手探り状態でした。

しかし、なんとか形になってほっとしています。完成したらこっちのもんよ。

このお話を書いていたときは、夏真っ盛りでしたが、あとがきを書いている今はずいぶん涼しくなってきました。

何度かベランダでセミが寿命を迎えるなどのイベントが起こりつつ、今年の夏も熱中症になることもなく無事乗り越えられてよかったです。

この本が書店に並ぶ頃には、季節はもう秋ですね。

秋はいいですよね。暑くないし、花粉もないし。

ファンタジーの良いところは、全部を作者が勝手に決めていいところです。

というわけで今作の世界に、日本みたいな夏はないことにします。

一年を通して大気はほどよく乾いており、緩い風が頻繁に吹く土地です。

ロニエの家は、風が強い夜なんかに、不穏な音がしてたでしょうね。

深窓の令嬢で新規恐怖症の気がある彼女が、隙間風を塞げるようになったのはいつごろなんだろう。

これが恋愛物語でなければ、ロニエが貧乏暮らしに慣れてたくましくなっていく過程を書くのも、面白かったかもしれません。

ジャックに出会うまでに、一冊使い切ってしまいそうですけれども。

ヤンデレと縁のない作家人生を送って来ました。

今回はヒーローの方をヤンデレにしようと頑張ったものの、ヒロインが元気すぎヤンの部分不発でしたね。無念。

とはいえ、引っ込み思案の女の子が最終的に野蛮なくらい強引になるのは、書いていて楽しかったです。元気な人を書くのは楽しい。

借金取りのディエロも、密かにお気に入りのキャラクターです。

サブキャラにおじさんが多すぎたので、最初は男の予定だった借金取りを女にしました。ナイフを使う中年女性、カッコよくないですか。

ロニエが返済を滞らせるタイプなら、彼女との絡みを増やしても良かった。

ヤンデレ、またチャンスがあれば挑戦してみたいです。

今度はちゃんと、ヒロインを監禁したりするやつを。

ジャックは根がお人好しだったので、そこまでいきませんでした。

でも、そんな彼を書くのも楽しかったです。

これを書いている今、やっと夏も終わりかけですが、クーラーをかけずにいるとまだまだじっとりと汗が滲んできます。

本作が発売する頃には、かなり涼しくなっていることでしょう。そうであれ。

この本を今読んでくださっているあなたがどんな季節にいるかはわかりませんが、ロニエたちの世界の、過ごしやすい気候を少しでも感じていただければ幸いです。

Sonya
ソーニャ文庫

この本を読んでのご意見・ご感想をお待ちしております。

◆ あて先 ◆
〒101-0051
東京都千代田区神田神保町2-4-7 久月神田ビル
㈱イースト・プレス　ソーニャ文庫編集部
鳥下ビニール先生／さばるどろ先生

復讐《ふくしゅう》するまで帰《かえ》りません！
健康《けんこう》で文化的《ぶんかてき》な最高限度《さいこうげんど》の執愛《しゅうあい》

2020年10月8日　第1刷発行

著　　者　鳥下《とりのした》ビニール
イラスト　さばるどろ
装　　丁　imagejack.inc
D T P　松井和彌
編　　集　葉山彰子
発 行 人　安本千恵子
発 行 所　株式会社イースト・プレス
〒101－0051
東京都千代田区神田神保町２－４－７ 久月神田ビル
TEL 03－5213－4700　FAX 03－5213－4701
印 刷 所　中央精版印刷株式会社

ISBN 978-4-7816-9683-6
定価はカバーに表示してあります。